名作童謡

西條八十…100選

名作童謡 西條八十100選

春陽堂

目次

童謡100選

凡例

一、本書では、西條八十の童謡から一〇〇編を選んだ。
・童謡の本文は、『西條八十童謡全集』（一九二四　新潮社）を底本にした。
・右の全集に収録されていない童謡は、初出形を底本にした。諸般の事情で初出形によらない場合は、そのつど明記した。
・昭和初期までに発表の少年詩や少女詩は童謡と区別しがたいため、一〇〇選の対象に含めた。

二、童謡は『西條八十全集』第6巻（一九九二　国書刊行会）に準拠して、次のように配列した。
・初出雑誌への発表順に配列した。ただし、「謎（二）」は「謎（一）」のすぐあとに配列した。
・初出不詳の童謡は、『西条八十著作目録・年譜』（一九七二　西条八束・刊）の記載によった。

三、童謡の本文の漢字は新字体とし、かなは現代かなづかいとした。

四、ルビは特殊な読みや難読・誤読のおそれのある語にのみつけた。個々の童謡の中では、原則として最初に登場する語にのみつけた。

童謡100選

かなりや

唄を忘れた金絲雀《かなりや》は　後の山に棄てましょか。
いえ　いえ　それはなりませぬ。

唄を忘れた金絲雀は　背戸《せど》の小藪に埋《い》けましょか
いえ　いえ　それはなりませぬ

唄を忘れた金絲雀は　柳の鞭《むち》でぶちましょか
いえ　いえ　それはかわいそう

初出は一九一八（大7）年一一月号の「赤い鳥」である。第一詩集『砂金』（一九一九 尚文堂書店）、第一童謡集『鸚鵡と時計』（一九二一 赤い鳥社）、詩集『蠟人形』（一九二二 新潮社）、『西條八十童謡全集』（一九二四 新潮社）『少女純情詩集』（一九三二 大日本雄弁会講談社）に収録。『砂金』収録時にタイトルの「かなりあ」と第二連の「背戸の小藪に埋〔う〕めましょか。」を、『西條八十童謡全集』収録時に第二連の「それもなりませぬ。」を、それぞれいまのように変えた。成田為三の曲がある。

不遇な境遇にあった自分自身を唄を忘れたカナリヤに見立て、絢爛〔けんらん〕たる芸術の世界に自分の身を置けば詩を書けるはずだ、という想いが込められている。東京・上野の不忍池畔で着想したとされ、同地に建立の碑には、八十の意志によって第一連では

唄を忘れた金絲雀は
象牙《ぞうげ》の船に　銀の櫂《かい》
月夜の海に浮べれば
忘れた唄をおもいだす。

なく第四連が刻まれた。ただし、不忍池畔で着想されたという説には疑問（「たそがれ」の項を参照）がある。

　一九一九（大8）年五月号の「赤い鳥」には、「赤い鳥曲譜集 その一」として成田為三の曲譜つきで再掲載された。同年六月には、「赤い鳥」の一周年記念音楽会が行われ、この童謡が歌われている。翌年の六月には、ニッポノホンのレーベルでレコード（赤い鳥社少女唱歌会会員・歌／成田為三・伴奏）が発売された。童謡に曲がつけられ歌われることが一般化するのは、「かなりや」以降のことである。

　カナリヤの飼育は一八九三（明26）年ごろにブームになったという記録がある。しかし、この童謡の発表の頃でも、まだ一般化したとまではいえず、読者はエキゾチックでモダンな響きから強烈な印象を受けたにちがいない。

　「背戸」は家の裏手のことである。

手品《てじな》

こんな手づまが使いたい

お父さんに
お母さん
お姉さんの舞踏靴《おどりぐつ》
昨夜《ゆうべ》貰った巴旦杏《はたんきょう》
竈《かまど》のうえの黒猫に
窓から見える帆前船《ほまえせん》

初出は一九一九（大8）年一月号の「赤い鳥」である。詩集『砂金』、童謡集『鸚鵡と時計』、詩集『蠟人形』、『西條八十童謡全集』に収録。『鸚鵡と時計』ではタイトルに《てづま》とルビがあり、『西條八十童謡全集』では《てじな》にもどされた。『鸚鵡と時計』収録時に第二連の「姉さんの舞踏靴」をいまのように変えた。

——童謡詩人としての現在の私の使命は、静かな情緒［じょうしょ］の謡［うた］によって、高貴なる幻想、即ち叡智想像［インテレクチュアル、イマヂネイション］を世の児童等の胸に植えつけることである。

八十は『鸚鵡と時計』の「序」で、このように語っている。《手品》は《高貴なる幻想》の象徴であるから、「こんな手づまが使いたい」に八十の芸術への熱い想いがうかがえる。ただ、『西條八十童謡全集』のあとがき

教会堂の円屋根《まるやね》と
屋根にとまった白鳩《しらはと》と

みんな纏《まと》めたそのうえに
青いマントをおいかぶせ
明《あ》けりゃ真紅《まっか》な薔薇になる

こんな手づまが使いたい。

に、児童の飛翔自在な空想を詠「うた」ったものとあるので、小難しい理屈は抜きにして良いのかもしれない。

「巴旦杏」は、スモモの一品種またはアーモンドの別名。ここではアーモンドだろうか。「舞踏靴」「黒猫」「教会堂の円屋根」「白鳩」「青いマント」「真紅な薔薇」とあわせて、八十好みの道具立てである。

西條嫩子の『父　西條八十』（一九七五　中央公論社）によると、この童謡には八十が少年時代から愛好した幻想怪奇小説の影響があり、ミッドルトンの小説「奇術師」がヒントになっている、という。この小説のストーリーは、舞台の上で自分の妻の姿を消す奇術をしている男が、あるときいたずらで自分の家で舞台の動作をすると、何のしかけもないのに妻の姿が消えてしまってもとにもどらない、というものである。

雪の夜《よ》

紅《あか》いペンキで
鸚鵡《おうむ》をそめりゃ
雪の降る夜の
窓からにげる

何処へゆくのか
真紅《まっか》な鸚鵡
白い野原を
ひょこ〳〵と

初出は一九一九（大8）年一月特別号の「赤い鳥」である。詩集『砂金』、童謡集『鸚鵡と時計』、詩集『蠟人形』、『西條八十童謡全集』に収録。初出時のタイトルは「紅い鸚鵡」であったが、『砂金』以降はいまのように変えた。栗原謹一郎のほか、本居長世[もとおりながよ]の曲がある。

オウムの「真紅」と雪の野原の「白」の鮮やかな色彩の取りあわせがいかにも八十らしい。ペンキを塗られた紅いオウムをたき火とまちがえた猟人が、あのあかい火で暖ろうと「鉄砲も忘れて飛んできた。」というオチも絶妙だ。マザーグースばりのみごとなナンセンス童謡である。『鸚鵡と時計』の「序」によると、オウムは八十

峠三里の
月あかり
鸚鵡さすがに
疲れてねむりゃ

あかいあの火で
暖《あた》ろうと
山の近眼《ちかめ》の猟人《かりゅうど》が
鉄砲《てっぽ》も忘れて飛んできた。

が幼年時代に最も好愛［こうあい］した禽［とり］だ、という。童謡集のタイトルに登場するのも、そうした理由による。

　なお、八十の『唄の自叙伝』（一九五六生活百科刊行会）によれば、この唄は不遇な時代の八十が株の売買で生計をたてていたとき、兜町界隈のペンキ屋の店さきの、赤い色ペンキの鑵から想像を翔［めぐ］らせてできた詩であった、という。そういう事情を知ってみると、さらにナンセンスな味わいが増して面白い。

蝶々

旅商人《たびあきんど》の
蝙蝠傘《こうもり》に
蝶々がひとつ
とまった

海岸町《まち》の
昼日《ひるひ》なか
黄いろい翅《はね》を
すりあわせ

初出は一九一九（大8）年三月号の「赤い鳥」である。詩集『砂金』、童謡集『鸚鵡と時計』、詩集『蠟人形』、『西條八十童謡全集』に収録。橋本国彦の曲がある。

旅商人に蝙蝠傘はつきものだ。八十の詩「朱のあと」（『砂金』）にも「街道をゆく旅商人「たびあきうど」の蝙蝠傘」が登場する。

旅商人は大事な商品を突然の雨で濡らさないように、いつも蝙蝠傘をもっている。その傘に蝶々がとまっているところから、イメージの連鎖が拡がっていく。チョウの翅の黄、汽船の煙突の赤、海の青と、極彩色のファンタジーである。

八十の長女・三井（西條）嫩子は「永遠

蝶々はとろり
ひとねいり

旅商人は
船にのる
船はどこゆき
印度ゆき

赤い煙突
ぼうと鳴りゃ
右も左も青い海

の少年・西条八十」（「太陽」一九七四年一月号）というエッセイで、次のように書いている。

——或る夏、父はベランダのガラス戸に疲れきって憩っている蛾を眺めて、哀れをもよおし、その頃、成城町は強盗がはやっていたが、ぜんぜん頓着なく、町に面している場所というのに一晩中あけっぱなしにしてやっていた。翌日、遺体になっている蛾を眺めて、「なんて、美しくて軽やかな姿で死んでいるだろう。今朝、元気で飛びたってくれると思っていたのに」と吐息をついた。

　この童謡は漠然とした外国へのあこがれと怖れがテーマになっているが、「知らぬ他国で／眼をさます／蝶々のこころは寂しかろ。」と、一転してチョウの気もちに想いを馳せている。こうした締めくくりに、大正の童心主義の童謡らしさがうかがえる。

椰子《やし》の葉かげに
月が出て
知らぬ他国で
眼をさます
蝶々のこころは寂しかろ。

ずっとのちのことだが、パリ留学中の八十がホームシックにかかり、妻・晴子に「嫩子をつれてすぐこい」と電報を打ったりしたこともあるという。

あしのうら

赤いカンナの
花蔭《はなかげ》に
にょきり　出ている
蹠《あしのうら》

主《ぬし》は誰《たれ》やら
知らねども
白く　小さな
指五つ

初出は一九一九（大8）年五月号の「赤い鳥」である。詩集『砂金』、童謡集『鸚鵡と時計』、詩集『蠟人形』、『西條八十童謡全集』に収録。ただし、『砂金』ではタイトルを「蹠「あしのうら」」に変えて収録された。成田為三のほか、山田耕筰の曲がある。

　幼児が赤いカンナの花蔭に、朝夕、母親のそれに似た白い蹠の幻を見る。表面的にはそんな情景を描いた童謡である。八十によれば、そういう表面に現れた事実だけでじゅうぶんに子どもの歌謡として独立しているのだ、という。

　しかし、色鮮やかな赤いカンナの花と、女性の白い蹠や白い小さな指の取りあわせからは、官能的なまでに美し

朝来て　午《ひる》来て
晩に見りゃ
母さんによく似た
蹠

ちょいと触《さわ》れば
消え失《う》せて
赤いカンナの
花ばかり。

い幻想を感じる。そして、これは子どもの感動や感覚とは少しずれがある。

八十の『現代童謡講話』（一九二四 新潮社）によると、童謡は子どもに与えるために創られるが、同時に作者の喜びや感動を表現することが大切だ、という。つまり、この童謡には表面に現れた事実以外にもうひとつの意味があって、それが庭の花卉［かき］（草花）に対する汎神論的信仰なのである。

――ある日、庭に咲くカンナの赤い花びらを見てその中に潜む神の心を感じた。この感じの幻想化されたものが赤い花蔭に見える母の白い蹠である。母とは大いなる神の象徴であり、蹠は神の部分的顕現なのだ。

八十はこの童謡の表現意図について、おおよそ、このような意味の解説を同書に書いている。

なお、八十の詩に「蹠［あなうら］」

（『砂金』に収録。童謡「蹠」とは別の詩）がある。「いつの日よりか／闇のうちに、なまじろき大なる蹠ぞ／投出［なげいだ］されたり、／われら深夜にめざめ／悲しき歌をうたいつゝその周囲［めぐり］／をめぐる。…（中略）…ああかくて幾年［いくとせ］／われら灰色の群をなして深夜の／旅をゆく、／悲しき歌をうたいつゝ、はた又／蹠の主［あるじ］の誰なるやを絶えて知る／ことなく。」というもので、これを童謡として書くと「あしのうら」になる。

小人の地獄

「大地獄じゃ
小地獄じゃ」
ひろい畠の
まんなかで
小人がしくしく
泣いている

初出は一九一九（大8）年六月号の「赤い鳥」である。詩集『砂金』、童謡集『鸚鵡と時計』、詩集『蠟人形』、『西條八十童謡全集』に収録。山田耕筰の曲がある。

段々畠に落ちた真紅な豆の花を火事だと思い込む小人の滑稽さを描く。書きだしと締めくくりに「大地獄じゃ／小地獄じゃ」と同じ詩句を用いて、童謡の全体を挟み込む手法は、八十がよく用いるものである。

内容からみると、北原白秋の「夕焼とんぼ」（「赤い鳥」一九一八年一一月号）と影響関係があるように思う。これは夕焼けで真っ赤に染まった情景を火事に追われていると思い込んだトンボが「助けて下され焼け死ぬる、」と

なんで泣くぞと
訊《き》いたらば
足の下から
火が燃える

段々畠《だんだんばたけ》の
真昼間《まっぴるま》
煙《けむ》ものぼらぬ
青い空

跳《はね》る小人を
抱《いだ》きあげ

叫ぶ童謡であった。

　白秋は日本にむかしから伝わるわらべ唄からこうした着想を得ているが、八十はあくまでも西洋風の小人を登場させ、よりファンタジックなタッチで仕上げた。ここにふたりの童謡詩人の作風のちがいが現れている。

踵《かかと》の底を
よく見れば
真紅《まっか》な真紅な
豆の花
それでも小人は
泣きじゃくり
「大地獄じゃ
小地獄じゃ。」

鉛筆の心《しん》

鉛筆の心
ほそくなれ
削《けず》って　削って
細くなれ

三日月さまより
なお細く
蘆《あし》の穂よりも

初出は一九一九（大8）年七月号の「赤い鳥」である。童謡集『鸚鵡と時計』、詩集『蠟人形』、『西條八十童謡全集』に収録。

この童謡を技巧的にみると、第一連と第四連を同じ言葉でそろえ、第二連と第三連を挟み込む。さらに、第二連では「なお細く」、第三連では「まだ細く」を繰りかえして、鉛筆の芯が細くなっていく様子を強調する。

「螽斯」はキリギリスの別名。啼き声から転じた名であろう。キリギリスの触角をか細いものの比喩に用いるところにユニークな発想がある。

また、「三日月さま」からはじまって「蘆の穂」「燕の脚」「ズボンの縞」「豌豆の蔓」「螽斯の髭」としだいによ

なお細く
燕《つばめ》の脚《あし》より
なお細く
ズボンの縞より
なお細く

朝の雨より
まだ細く
豌豆《えんど》の蔓《つる》より
まだ細く
螽斯《ぎっちょ》の髭《ひげ》より
まだ細く

り細いものを連想していく。今度はどんな細いものの連想で童謡を締めくくるかと思っていると、「香爐の煙」にして消してしまう。

　言葉の技巧といい、イメージの転換の鮮やかさといい、はぐらかしの妙といい、童謡としての完成度は高い。

香爐の煙《けむり》と
消えるまで
鉛筆の心
ほそくなれ
削って　削って
細くなれ。

きりぎりす

きりぎりす
きりぎりす
そっと捉《とら》えて
姉さんの
紅《あか》い手函《てばこ》に
忍ばせた
ゆうべの夢の
きりぎりす

初出は一九一九（大8）年八月号の「赤い鳥」である。詩集『静かなる眉』（一九二〇 交蘭社）、童謡集『鸚鵡と時計』、『西條八十童謡全集』に収録。

「緋鹿子」は赤い絞り染めのこと。ゆうべ夢のなかで姉さんの紅い手函にきりぎりすを入れておいた。それをたしかめてみようと蓋をあけると、緋鹿子のきれに包まれた翡翠の櫛がころげでる。これは、ゆうべの夢のきりぎりすなのだろうか、と想像をめぐらせている。

この童謡では、豊かな想像力を駆使して、独自のファンタジーの世界を創りあげることに成功している。八十は「童謡雑話」（「白孔雀」一九二二年八

銀の八時の
目覚時計《めざまし》が
ちりちりちりと
鳴るころに

蓋《ふた》をはねれば
緋鹿子《ひがのこ》の
きれに包《くる》まれ
翡翠《ひすい》の櫛《くし》と
なってころげた
きりぎりす。

月号）で、わが国の詩人たちの童謡を見ていつも彼らの想像力の稀薄さを感じる、という意味のことを書いているが、そうした八十の面目躍如というところである。

　ただ、いくら姉の持ち物であるといっても、緋鹿子のきれに包まれた翡翠の櫛はなまめかしい。若い女性の持ち物をめぐって想像をめぐらせる少年の心理に、思春期の危うさを垣間「かいま」見ることもできる。そういう危うさこそが、八十のいう「高貴なる幻想」の、怪しいまでの美しさなのであろう。

夕顔

去年遊んだ砂山で
去年遊んだ子をおもう
わかれる僕は船の上
送るその子は山の上
船の姿が消えるまで
白い帽子を振ってたが

初出は一九一九（大8）年九月号の「赤い鳥」である。童謡集『鸚鵡と時計』、『西條八十童謡全集』、『少年詩集』（一九二九 大日本雄弁会講談社）に収録。金田一春彦の曲がある。

東京へ帰る子どもと避暑地に残る子どもとの別れを、七音と五音の二行の連続というユニークな形式で描きだす。二行で一連という構成は、八十の童謡によく見かける形式である。

煌［きら］びやかでハイカラなイメージの「かなりや」や「手品」とはちがって、しみじみとした味わいがある。あれほど固く再会の約束をしたのに「忘れたものか 死んだのか」と、たたみかけるところがうまい。まさか死んだはずはあるまいが、それが子どもの発想というものであろう。

「砂山」は海岸の砂丘のこと。この童謡が書かれる前年にも、八十は房州海岸（千葉県）に遊んだ。八十の童謡

きょう砂山に来て見れば
さびしい波の音《おと》ばかり
あれほど固い約束を
忘れたものか　死んだのか
ふと見わたせば磯かげに
白い帽子が呼ぶような
駈けて下りれば　夕顔の
花がしょんぼり咲いていた。

や詩には、少年時代から親しんだ保田海岸（いまの千葉県安房〔あわ〕郡鋸南町〔きょなんまち〕）がよく登場する。「去年遊んだ砂山」とあるので、砂山は保田海岸あたりの情景からヒントを得たものであろうか。第二連に「わかれる僕は船の上」とあるのは、まだ鉄道（いまのＪＲ内房線）が開通していなかったむかしのことだ。保田は海が浅いので、はしけに乗って汽船に移る。避暑客が帰京するときは、汽船で保田から東京・霊岸島へいくのが通常のルートであった。

「夕顔」はウリ科の栽培植物。つる性の一年草で、果実は食用になる。夏の夕方にラッパ状の白い花を咲かせ、翌朝にはしおれてしまう。「花がしょんぼり咲いていた。」という締めくくりに、そんなユウガオの花のイメージが活きている。

たそがれ

唄を忘れた
金絲雀《かなりや》は
赤い緒紐《おひも》でくる〳〵と
いましめられて
砂の上

かわいそうにと
妹が
なみだぐみつゝ

初出は詩集『砂金』で、「海のかなりあ」として掲載。「たそがれ」として一九一九（大8）年九月号の「赤い鳥」に再掲載、童謡集『鸚鵡と時計』、『西條八十童謡全集』に収録。草川信のほか、寺崎浩の曲がある。

八十はこの童謡について、「かなりや」と同じ心もちから生まれた、という意味のことを書いている。しかし、「かなりや」のように《象牙の船》《銀の櫂》《月夜の海》といった煌〔きら〕びやかな純粋芸術の世界を象徴する表現がないため、読者が受ける印象の弱いことは否定できない。

「いましめられて」は《縛られて》の意。「夕顔いろ」はユウガオの花の白色のこと。夕方に花を咲かせることから、たそがれ時の指さきの色の白さを、そのようにたとえたのだろう。

ところで、掲載誌「赤い鳥」の「通信」欄に、「たそがれ」は、昨年、

解《と》いてやる
夕顔いろの
指さきに
短い海の
日がくれる。

八十が房州海岸に滞在中の作で、「かなりや」と同じ時期に寄稿した、という意味のことが書かれている。房州の保田は八十が少年の頃から親しんだ場所で、「たそがれ」の内容とも矛盾はない。八十自身も『新らしい詩の味ひ方』（一九二三 交蘭社）で、この童謡と「かなりや」はおなじ日に書いた、と明記している。

　通説によれば「かなりや」は八十が生まれて五ヶ月の娘を抱きながら、不忍池で着想したことになっている。この説にしたがうと、長女・嫩子は五月三日の生まれであるから、着想は一〇月上旬のことである。しかし、「かなりや」が掲載された「赤い鳥」（一一月号）は、実際には一〇月上旬に発行されるので、それでは原稿がまにあわない。しがって、「たそがれ」と同時期に房州海岸で書かれた、と考えるほうが合理的である。

葱《ねぎ》坊主

旅人が　旅人が
下田街道《かいどう》のまん中を
ひとり泣き泣き通った
何《なん》と泣いて通った
山越えて　海越えて
やっと戻った故郷《ふるさと》の
寺の擬宝珠《ぎぼし》が見えるとて

初出は一九一九（大8）年一〇月号の「赤い鳥」である。童謡集『鸚鵡と時計』、『西條八十童謡全集』に収録。山田耕筰の曲がある。

「擬宝珠」は《ぎぼうし》《ぎぼうしゅ》とも読む。寺や橋の欄干などの柱の頂部につける飾りのこと。また、形が似ていることから、ネギの花（ねぎぼうず）をさす場合もある。まさか寺の擬宝珠を葱坊主と見まちがうはずはないが、この童謡では「擬宝珠」のもつふたつの意味をかけているところにナンセンスな面白味がある。

「下田街道」は、三島（いまの静岡県三島市）から東海道より分岐し、伊豆半島の中央を南北に縦断して、下田（いまの静岡県下田市）にいたる街道

三度笠《さんどかさ》とり駈《か》けよれば
畠に生えた葱坊主
それが悲しと泣いて通った。

のこと。途中、天城越［あまぎごえ］の難所があり、川端康成『伊豆の踊子』や松本清張『天城越え』などの舞台として知られている。八十は保田のほか、片瀬（いまの静岡県賀茂郡東伊豆町）で避暑をしたこともある。『砂金』のなかの散文詩にでてくる砂丘は、この地の追憶であったという。

「三度笠」は深く顔をおおう編笠の一種で、飛脚が用いた。この童謡の場合は、三度笠と道中合羽で身を固めた股旅者［またたびもの］（やくざ者）のイメージであろうか。

股旅者といえば、一九五二（昭27）年一二月にレコード「伊豆の佐太郎」（上原げんと・作曲）がでている。これは映画「晴れ姿　伊豆の佐太郎」の主題歌で、主演の高田浩吉［こうきち］が歌ったものだが、シチュエーションがそっくりである。八十の童謡には、こんな大衆性もあった。

お菓子の家《いえ》

山のおくの谿《たに》あいに
きれいなお菓子の家がある

門の柱は飴ん棒
屋根の瓦はチョコレイト
左右《さゆう》の壁は麦落雁《むぎらくがん》
踏む鋪石《しきいし》がビスケット

初出は一九一九（大8）年一〇月号の「赤い鳥」である。童謡集『鸚鵡と時計』、詩集『蠟人形』、『西條八十童謡全集』、『少女純情詩集』に収録。橋本国彦の曲がある。

「お菓子の家」といえば、誰でもグリムの「ヘンゼルとグレーテル」を連想する。しかし、この童謡では、お菓子の家は魔女が仕かけた罠ではない。親のない子のための救いの家である。考えてみれば、ヘンゼルとグレーテルの兄妹は貧しさゆえに親に捨てられてしまったのだから、立派にお菓子の家にとまる資格があるわけだ。

この童謡が発表される前年の夏には全国に米騒動が拡がった。発表の年の夏には米価が空前の高値になり、続い

あつく黄《きい》ろい鎧戸《よろいど》も
おせば零《こぼ》れるカステイラ
静かに午《ひる》をしらせるは
金米糖《こんぺいとう》の角時計《かくどけい》

誰《たれ》の家やら知らねども
月の夜更《よふけ》におとずれて
門の扉におぼろげな
二行の文字を読みゆけば

「こゝにとまってよいものは
ふたおやのないこどもだけ。」

て諸物価も急騰している。ちなみに、米一〇キロあたりの値段は、一九一七（大6）年に一円三〇銭前後であったものが、翌年には二円二〇銭ちかく、さらにその翌年には三円以上にまで上昇している。

『西條八十童謡全集』のあとがきに、次のような解説を書いている。

——いかにこの世の風が荒く冷たく当ろうとも、可憐な孤児たちのためには、必ず見えぬ手が何処かに温かい愛護の家を造って待っている。これは淋しい運命を持った児等への慰藉〔いしゃ〕のうたである。

ただ、藤田圭雄は『日本童謡史』（一九七一 あかね書房）で、「知らねども」や「読みゆけば」という文語調がうわついている、という意味の批判をしている。たしかに、こうした言葉に少し違和感のあることは否定できないだろう。

山の母

いつも見る夢
さびしい夢
月の夜ふけの
山の上

青いひかりに
ぬれながら
うちの母《かあ》さま
ただひとり

初出は一九一九（大8）年一一月号の「赤い鳥」である。童謡集『鸚鵡と時計』、『西條八十童謡全集』に収録。山本芳樹のほか、山田耕筰や橋本国彦の曲がある。

八十は『新らしい詩の味ひ方』で、夜なかに寂しい夢を見ることが度々あった、という意味のことを書いている。

その夢では、どこか名も知らぬ高い岩角の険しい山のてっぺんにお母さんがしょんぼりと佇んでいる。月の光が青い水のように冷たくふりそそいでいる。ふと見ると、お母さんは素足である。ここまで山をのぼってくるには、あの柔かい素足のうらが惨［いた］ましく傷ついたことであろう、と思って

草も生えない
岩山の
白い素足《すあし》が
いとしゅうて

泣いてまねけど
もの言わず
風に揺れるは
影ばかり

いつもさめては

いると目が覚めた。

　八十にとっては、そんな夢のなかで見た母と、添い寝していた母とがおなじ人であったようでもあり、ちがっていたようでもあった、という。

　また、同じ書のなかで、こんなことも書いている。

　幼い日の胸に怪しい疑いが起こることがあった。それは、現在自分を可愛がってくれているこのお母さんは、はたしてほんとうのお母さんなのか、という疑いであった。

　『西條八十童謡全集』のあとがきによれば、この童謡は未だに懐疑の岐路を彷徨している現在の私の精神生活の寂しい象徴である、という。

　幼児にとって自分と母とは一心同体の存在である。しかし、心身の成長につれてしだいに子どもは母から自立して自我が形成され、母という存在が相対化されていくようになる。その過程

さびしい夢
月の夜更《よふ》けの
山の上。

では、誰でも一度は八十のような疑問を感じたり、悪夢を見たりすることがあるのではないだろうか。

　母を取りあげていながら、「青いひかりに／ぬれながら」や「白い素足が／いとしゅうて」に官能的な響きを感じる。それは、この童謡に登場する母が実母のイメージではなく、幻想の世界に存在するもうひとりの母のイメージだからだろう。

船頭《せんど》の子

橋のうえから
川見れば
黒いはだかの
船頭の子
午《ひる》の伝馬《てんま》の舷《ふなべり》で
とんぼがえりを
うちながら

初出は一九一九（大8）年一一月創刊号の「金の船」である。詩集『静かなる眉』、『西條八十童謡全集』に収録。

「伝馬」は伝馬船のことで、はしけに同じ。甲板のない木造の小船で、荷物などを運送する。

ふつう、乳母を従える身分の女の子は、船頭の子などと交際することはない。芸術的児童文学の雑誌を買ってもらえるのも、経済的なゆとりのある家の子どもに限られる。たまたま橋の上から船頭の子を見たとき、一瞬の心の通いあいがあった。たったそれだけの出会いであるが、良家の子どもたちにとっては、童謡を通してのみ垣間「かいま」見ることのできる世界であっ

「嬢《じょっ》ちゃん　嬢ちゃん
花おくれ」

乳母《うば》のみやげの
向日葵《ひまわり》の
花をわたすは
惜しけれど

つい誘われて
投げやれば
ねらいは外《そ》れて
水のなか

た。

この頃の八十にしては珍しい内容の童謡である。

ところで、雑誌「金の船」（のち「金の星」）の創刊にあたっては、八十に童謡の寄稿と、投稿童謡欄の選者になって欲しいという依頼があった。だが、八十は「赤い鳥」を主宰する鈴木三重吉への義理からこの話を断って、かねてから敬愛する野口雨情を推薦した。そのかわり、創刊号に寄稿して義理をはたしたのが、この童謡である。

三重吉への遠慮からか、「赤い鳥」に載せた童謡と作風があわないためか、赤い鳥社から刊行された童謡集『鸚鵡と時計』に、この童謡は収録されていない。

ぺろり　舌だす
船頭の子
とんぼがえりを
うちながら
「嬢ちゃん　嬢ちゃん
花おくれ。」

床屋の小僧の唄

けさも早くに起されて
黒く茂った毛の林
銀の鋏《はさみ》で刈りゆけば
誰《だれ》か小僧と呼ぶような
覗《のぞ》きゃ林のくらがりに
いつか蹲《しゃが》んだ赤頭巾《あかずきん》
小人がひとり笑ってる

初出は一九一九（大8）年一二月号の「赤い鳥」である。童謡集『鸚鵡と時計』、『西條八十童謡全集』に収録。初出時のタイトルは「床屋の小僧」であったが、『鸚鵡と時計』以降はいまのように変えた。

いくら床屋の小僧の幻想がユニークだとしても、円坊主にされてしまった客はたまらない。そこにナンセンスなおかしみがある。

この童謡に先だって、北原白秋は四月号の「赤い鳥」に「あわて床屋」を発表している。床屋の失敗という題材が共通であるし、「けさも早くに起されて…」という書きだしも、白秋の「春は早うから…」と似ている。ふたつの童謡には互いに影響関係があるよ

逃《のが》すまいぞと　どこまでも
黒く光った毛の林
銀の鋏で追いゆけば
消えちゃまた出る赤頭巾

うつる鏡に驚いて
銀の鋏の手を止めりゃ
お客はとうに円坊主。

うに思われるが、客の髪の毛のなかに赤頭巾の小人が蹲んでいるという幻想性には、いかにも八十の童謡らしい独自の境地がある。ただし、ナンセンス性についていえば、カニの床屋がウサギの耳を切り落とす「あわて床屋」に軍配があがる。

　八十は自分の「かなりや」は動物愛護の童謡だが、白秋がこの年の六月号の「赤い鳥」に発表した「金魚」で、母の帰宅を待ちかねた子どもがわけもなく金魚を殺すのは残酷だと非難した。これに白秋が応じて、ふたりの間で論争が起こっている。

　八十はウサギの耳が切り落とされるのは残酷すぎると思って、意識的に客が円坊主にされるだけにとどめたのかもしれない。

玩具《おもちゃ》の舟

雪のふる夜《よ》に
母さんの
膝にもたれて
おもうこと——

あかい帆《ほ》かけた
玩具の舟は
夏の川原に
忘れた舟は

初出は一九二〇（大９）年一月号の「赤い鳥」である。童謡集『鸚鵡と時計』、詩集『蠟人形』、『西條八十童謡全集』に収録。成田為三のほか、飯田信夫などの曲がある。

八十は『現代童謡講話』で、次のような意味のことを書いている。

——子どもというものは飛んでもない時に、ふいと何かを想いだすものである。さらさら粉〔こ〕雪が窓にあたる静かな冬の夜、母の膝にもたれていた幼児は、過ぎた夏の日、川原へ忘れたなりになった赤い帆の玩具の舟を想いだした。そうしてその舟が流れ流れて、堰のあたり、或は青い葦のしげみに、毀れて半ば沈んでいるような姿を、幻のように想いうかべたのである。

こうした想いは、子どもばかりの感覚ではない。おとなになっても、ふと幼少時の記憶がよみがえってくることがある。八十が一二〜三歳の頃、クリ

どこへ流れて行ったやら。

スマスの夜に東京・九段ちかくの番町教会へつれていってもらった。堂内にはクリスマスツリーが飾られ、電燈が残らず華やかに灯［と］もされていたけれど、天井のてっぺんのくぼみにあった電燈が、どういうわけかひとつだけ消えている。翌年のクリスマスにも、同じ電燈がまだひとつだけ消えていた。八十は、すべてが華やかで明るいなかで、この電燈だけがひとりだけポツンと仲間はずれになっているように想い、みんながにぎやかに歌い交わしているなかで、ポツンと歌うことを忘れた小鳥を見るような変な気もちがした。こうして、八十は切れたまま取り残された電球の想い出から「かなりや」の着想を得たのだ、という。

してみると、忘れられた玩具の舟にも、八十自身の孤独な想いが投影されているのだろうか。

春の日

行ったり　来たり
昨日《きのう》も今日も
山のうえを
白い雲が

行ったり　来たり
昔のままの
お室《へや》の時計
鏽《さ》びた振子《ふりこ》

初出は一九二〇（大9）年二月号の「赤い鳥」である。童謡集『鸚鵡と時計』、詩集『蠟人形』、『西條八十童謡全集』に収録。成田為三のほか、草川信の曲がある。

各連の冒頭にまず「行ったり 来たり」を配し、そのあと何が行ったり来たりするかについて連想していく。こうした倒置的な叙述方法に加えて、七・七・六・六のリズムが珍しい。

第二連で時計の振子が鏽びているのは、時間が止まっていることの暗喩であろう。第四連で「母亡き室」という思わぬ詩句にでくわして、なぜ時間が止まっているのか、という謎がとける。締めくくりの意外性がみごとである。

行ったり　来たり
窓の下は
花の祭
馬車と人が

行ったり　来たり
春の日かげの
母亡き室を
小さい風が。

ちなみに、八十は時計に特別の愛情をもっていた、という。長女・三井（西條）嫩子は、「蝶々」の項でも紹介したエッセイ「永遠の少年・西条八十」で、次のように書いている。

——日常、時計を異常に愛したのは、時計にたゆとう生死の神秘、人間にははかりえない不思議な時刻の変転に気をとられたのだろう。

なお、西條家に伝わる原稿には、この童謡のタイトルのみを「春のシンデレラ」に書きあらためたものがある。八十には、窓の下を通る馬車をシンデレラの馬車に見立てる展開に、この童謡の内容を変更する構想があったのかもしれない。

木のぼり太右衛門《たえもん》

いっちく　たっちく　太右衛門が
いっちく　たっちく　無花果《いちじく》の
枝にのぼれば　日が暮れる

いっちく太右衛門　お侍《さむらい》
お寺の縁《えん》で午睡《ひるね》して
鴉《からす》に大小《だいしょう》さらわれて

初出は一九二〇（大9）年二月号の「小学少年」である。童謡集『鸚鵡と時計』、『西條八十童謡全集』に収録。小松耕輔のほか、森義八郎や古関裕而〔こせきゆうじ〕の曲がある。

「いっちく たっちく 太右衛門」は、東京地方に伝わる伝承わらべ唄から採った詩句だろう。同様のわらべ唄は、大阪地方などにも伝わっている。

幼年時代の八十は、乳母・おきんに添い寝してもらいながら、手毬唄や数え唄などを聴いた、という。そうした遠い日の記憶が、この童謡のバックボーンにあるのだろうか。初期の北原白秋がわらべ唄への回帰をめざしたことから、影響を受けているのかもしれない。

山から　藪から　田圃《たんぼ》から
たずねあぐんだ大髻《おおたぶさ》
元結《もとい》もきれて思案顔《しあんがお》

いっちく　いそいだ　太右衛門が
いっちく　いちいち　無花果の
枝をゆすれば　月が出る。

「無花果」はクワ科の果樹で、わが国では栽培種のみがみられる。八十の実家には稲荷の祠があり、その祠におおいかぶさるように大きな無花果の樹がしげっていたという。ただ、いくら大きいといっても国内で無花果の樹が大木にまでなることはまれである。だから、「枝にのぼれば　日が暮れる」ことはありえない。イチジクの樹は「いっちく　たっちく」という音と似ていることから連想したものだろうか。

「大小」は侍が腰に差す大刀と小刀のこと。「鴉」が重い大刀と小刀をさらうこともありえず、ナンセンスなおかしみのあるバラードに仕上がっている。

「髻」は《もとどり》とも読む。「大髻」は頭の上に束ねた髪が乱れた状態をさす。「元結」は《もとゆい》とも読む。髪の髻を束ねるヒモや糸のことである。

烏の手紙

山の烏が
持ってきた
赤い小さな
状袋《じょうぶくろ》

あけて見たらば
「月の夜《よ》に
山が焼け候《そろ》
こわく候」

初出は一九二〇（大9）年三月号の「赤い鳥」である。童謡集『鸚鵡と時計』、詩集『蠟人形』、『西條八十童謡全集』に収録。近衛秀麿のほか、本居長世や成田為三の曲がある。

この童謡は全国に伝わる伝承わらべ唄「烏烏勘三郎」を踏まえたものだろう。

「状袋」は書状を入れる袋のこと。つまり封筒である。カラスがこわいと訴える山火事は紅葉のことであった、というオチがナンセンスである。この唄の面白いところは、カラスの手紙の内容がナンセンスだというばかりでなく、カラスからの手紙自体が幻想であった、というところにある。

なお、八十の『唄の自叙伝』によれば、この童謡も「雪の夜」のように、八十が株の売買で生計をたてていた頃のことをヒントに発想したもののようだ。八十は次のように書いている。

返事書こうと
眼がさめりゃ
なんの　もみじの
葉がひとつ。

――この謡に出てくるもみじの葉のモーティフは、株式取引所内に、高く並べて掲［かか］っているいろいろな会社株の名を記した赤や黒の木札から想いついたものであった。

　ところで、壺井栄の家庭小説『二十四の瞳』（一九五二）に、子どもたちがこの唄を歌う場面が描かれている。しかし、この小説が映画化（一九五四年封切）されたときのことである。「烏の手紙」（本居長世・作曲）は転調があったりして難しいという理由から、監督の木下恵介が「七つの子」（野口雨情・作詞／本居長世・作曲）に差しかえてしまった。

謎（一）

くろいは
午《ひる》の葡萄《ぶどう》の葉
白いは
月夜の蘆《あし》の穂

葡萄の下には
栗鼠《りす》がねて
蘆の穂かげにゃ
鴨《かも》がすむ

初出は一九二〇（大9）年四月号の「赤い鳥」である。童謡集『鸚鵡と時計』、『西條八十童謡全集』に収録。『鸚鵡と時計』以降、この童謡を「(一)」とし、「金の船」掲載の「謎」を「(二)」として、区別した。

これは謎なぞを唄に仕立てた童謡だ。初期の頃の八十が、さまざまな新しいジャンルの童謡の創作に、積極的に取り組んでいることがわかる。「午の葡萄の葉」を《くろい》と表現するところがユニークである。余人にはマネができないところであろう。

なお、八十は少年少女むけの冒険・探偵小説をたくさん書いている。謎ときの面白さに興味があったようだ。

葉を打ちゃ
しずかな栗鼠の声
穂を揺《ゆ》りゃ
月夜の鴨が啼く。
（ピアノ）

謎（二）

朝見たときは
黒い鴉《からす》
羽根を縮《ちぢ》めて
寒そうに
灰に埋《うも》れて
啼きもせず
午《ひる》に覗《のぞ》けば
赤い鴉

初出は一九二〇（大9）年一月号の「金の船」である。童謡集『鸚鵡と時計』、『西條八十童謡全集』に収録。『鸚鵡と時計』以降、この童謡を「(二)」とし、「赤い鳥」掲載の「謎」を「(一)」として、区別した。

これも謎なぞを唄に仕立てた童謡だ。八十は聖書にも関心があったが、もともと西條家は熱心な真宗高田派の信者であった。神道の行事をきらって、正月にも注連〔しめ〕飾りや鏡餅の供えをしなかったほどだった、という。「お念仏」からは、そういうことを連想させられる。「白い鴉」という表現に、ナンセンスなおかしみがある。

いつの間にやら
緋《ひ》の袈裟《けさ》ころも
殊勝顔《しゅしょうがお》して
お念仏

夜に探せば
白い鴉
白髪《しらが》頭の
老いぼれ姿
やがて崩れて
灰ばかり。

（火鉢の炭）

怪我

ふいても　ふいても
血が滲《にじ》む
泣いても　泣いても
まだ痛む
ひとりで怪我した
くすり指
ほかの指まで

初出は一九二〇（大9）年四月号の「赤い鳥」である。童謡集『鸚鵡と時計』、『西條八十童謡全集』に収録。中田喜直［なかだよしなお］の曲がある。これは中田が早くも小学生の頃に創った作品で、中田の最初の童謡曲集『かわいいかくれんぼ』（一九五五）に収録された。

子どもの日常生活を題材にした童謡である。初期の八十の童謡にこういうものは少ない。刃物か何かで指を傷つけたのだろうか。ちかごろでは子どもが刃物をもつ機会がなくなってしまった。

第一連で「も」と「む」の音を重ねている技法が効果をあげている。第二連に、怪我をしたくすり指をほかの指

蒼白《あおざ》めて
心配そうに
のぞいてる。

までが「心配そうに／のぞいてる。」
という、いかにもうまい表現がある。
こんなところに、生活綴方的な発想を
はるかに超えたポエジーがある。

象と芥子《けし》人形

大きな象が
十八頭
芥子人形が
十八人

象の背中にゃ
黄金《きん》の鞍
芥子人形は
緋《ひ》の手綱《たづな》

初出は一九二〇（大9）年五月号の「赤い鳥」である。童謡集『鸚鵡と時計』、『西條八十童謡全集』に収録。渡辺健次郎の曲がある。

「芥子人形」は衣装を着せた木彫りの小さな人形のこと。大きな象と小さな芥子人形とに、取りあわせの妙がある。芥子人形が象の手綱をとって得意げに練り歩いていると、俄雨でたちまち場面が一変する。そんな意外性や、「黄金の鞍」「緋の手綱」という道具立てにも、いかにも八十の童謡らしい雰囲気がある。

ところで、八十の『丘に想う』（一九二七 交蘭社）に、「人形」というエッセイがある。

それは一九〇八（明41）年の夏休み

のどかな唄と
手拍子で
春の渚《なぎさ》を
練ってくる

折も折とて
青空が
いつか曇って
俄雨《にわかあめ》

大きな象は

のことであった。当時、中学生であった八十は、学友と伊豆大島に遊んだ。嵐のあと、浜辺に打ち寄せられた藻屑を掻きわけていると、もとはかなり贅沢な品らしい傷だらけの人形を発見する。そして、八重の潮路「しおじ」を漂ってきた遠い苦酸「くさん」の旅を想った。おとなになったいまでも、その人形の幻が沸いてくる、という。

　失われた人形や毀れた人形のモチーフは、八十の童謡や詩にしばしば取りあげられる幻想のひとつである。「童謡を書く態度」（「童話」一九二二年一〇月号）という評論でも、八十はロゼッティの童謡「人形」を翻訳・紹介しながら、自己の生活に於て嘗「かつ」て破砕して遂に取り返し難くなった或物「あるもの」の寂しい暗示を感ぜずにはいられない、と書いている。

びしょぬれに
濡れても逃げて
戻ったが

人形可愛や
砂のなか
七日《なのか》たずねて
見あたらぬ。

のってった

のってった のってった
駱駝《らくだ》の せなか に
土人 が のってった
のってった のってった
土人 の せなか に
荷物 が のってった

初出は不詳。『西条八十著作目録・年譜』（一九七二 西条八束・刊）によると、一九二〇（大9）年五月の作である。本居長世の曲がある。『西條八十全集』第6巻（一九九二 国書刊行会）によれば、『本居長世童謡曲全集』（発行年未詳 水星社）に一九二九（昭4）年二月作曲とあるのでもっと後の作とも思える、という。また、八十の自筆原稿では「のってった」というタイトルであり、最後の行が「まんまるまるまる のお月さま。」になっている。

ラクダの背に交易品をのせたアラビアあたりの隊商をイメージしたものだろうか。今日からすると「土人」は適切な表現ではないが、歴史的な表現で

のってった　のってった
荷物　の　せなか　に
お猿　が　のってった

のってった　のってった
お猿　の　せなか　に
子猿　が　のってった

のってった　のってった
子猿　の　せなか　に
蝶々　が　のってった

あるため、あえて原文のままにした。

「駱駝」「土人」「荷物」「お猿」「子猿」「蝶々」としだいに小さなものを連想していく。そうした連想の最後を「蝶々 の あたま に／まんまるな お月さま。」と、予想外の取りあわせで締めくくるところが、いかにも八十調でみごとだ。

のってった　のってった
蝶々　の　あたま　に
まんまるな　お月さま。

蟻

蟻　蟻
寂しかろ

はこべの葉っぱに
ついてきた
道灌山《どうかんやま》の
黒蟻を
神田の通りで
放したが

初出は一九二〇（大9）年六月号の「赤い鳥」である。童謡集『鸚鵡と時計』、詩集『蝋人形』、『西條八十童謡全集』に収録。平井康三郎の曲がある。

「はこべ」はナデシコ科の雑草。春の七草のひとつで、七草粥［ななくさがゆ］に用いるが、ふつうはニワトリのエサなどとして利用される。むかし、ハコベ採りは多く子どもの仕事であった。

「道灌山」はいまの東京都荒川区西日暮里四丁目あたりに拡がる小高い台地のこと。江戸時代は筑波や日光の山やまを望む《虫聴き》の名所であった。秋田・佐竹藩の屋敷などがあったが、明治以降は荒地になっていた。しかし、一九一六（大5）年になって、渡辺銀行が住宅地を開発している。そんな新興住宅地に住む新住民は、経済的なゆとりがあり、子どもの教育にも

蟻　蟻
寂しかろ
路《みち》がわからず
さびしかろ。

熱心であった。「赤い鳥」を初めとする童心主義の芸術運動は、主としてこうした郊外に居住する都市中間層によって支持されたのである。

　それはさておき、八十の『現代童謡講話』には、おおよそ次のような記述がある。

　――幼いわたしはよく鶏にやるためのはこべを摘みに道灌山へ行ったものだ。これはその頃の追憶である。いまそのあたりは立派な市街になって、電車の停留所まで出来ている。

　ふと気がつくと、はこべの葉に蟻がついているので放してやった。それだけの内容だが、神田は東京の中心地である。いまとちがって、都心といえばまず神田が筆頭であった。だから「路がわからず／さびしかろ。」と、放たれた蟻の運命にまで想いを馳せているのである。そんな子どもの優しい気もちがリアルに描かれている。

お山の大将

お山の大将
俺ひとり
あとから来るもの
つき落せ

ころげて　落ちて
またのぼる
あかい夕日の
丘の上

初出は一九二〇（大9）年六月号の「赤い鳥」である。童謡集『鸚鵡と時計』、詩集『蠟人形』、『西條八十童謡全集』に収録。本居長世のほか、成田為三・山田耕筰・草川信の曲がある。本居の曲は、歌詞のアクセントの高低に旋律の高低を一致させ、いまも多くの人びとに愛唱されている。

『西條八十童謡全集』のあとがきで、この童謡について、八十はおおよそ次のようなことを書いている。

――夕暮れ子供等が去ったあとの寂しい野原を詠［うた］ったのみでなく、人類のはかない闘争の終結した後、この世界を領ずる自然の静謐［せいひつ］さを暗示しようとしたのである。

この童謡が発表された年の三月に

子供四人が
青草《あおくさ》に
遊びつかれて
散りゆけば

お山の大将
月ひとつ
あとから来るもの
夜ばかり。

は、第一次大戦が終結している。だから、子どもの遊びが《人類のはかない闘争》の象徴だ、という解説にはうなずけるものがある。また、大戦の終結にともなって大正バブル経済がはじけた。株の大暴落で、八十はほとんどすべての財産を失ったのである。子どもたちが去ったあとの寂寥感は、大暴落後の寂寥感に通じるのかもしれない。

　そういうことを抜きにしても、この童謡に描かれたエネルギーに満ちあふれる子どもたちの姿はみごとだ。遊びつかれた子どもたちが帰ったあと、月だけが残って「あとから来るもの／夜ばかり。」で終わる。余韻のある叙景の結びについても、申し分のない仕上がりぶりである。子どもたちはこの童謡を天真爛漫「てんしんらんまん」な遊びの唄として理解するだろうが、それでじゅうぶんだ。おとなの読みを子どもたちに押しつける必要はない。

お菓子の汽車

ガッタンコッコ　ガッタンコ
お菓子の汽車が走ります
お鑵《かま》はまるい唐饅頭《とうまんじゅう》
黒いレールは飴ん棒

ガッタンコッコ　ガッタンコ
お菓子の汽車が急ぎます
長い煙突　あるへい糖
つながる函《はこ》はチョコレイト

初出は一九二〇（大9）年六月号の「小学男生」である。童謡集『鸚鵡と時計』、『西條八十童謡全集』に収録。本居長世のほか、山田耕筰や小松耕輔などの曲がある。

「唐饅頭」は中国から伝来した焼き菓子の一種。いろいろな形のものがある。砂糖・鶏卵をまぜた小麦粉をこねて型に流し込み、なかに餡を入れて両面を焼きあげてつくる。ここでは円形の唐饅頭を、機関車の鑵を正面から見た形に見立てたのだろう。

「あるへい糖」は《有平糖》と書いて、《ありへいとう》とも読む。砂糖にアメを加えてつくった南蛮菓子のこと。着色してさまざまな形に加工したものもある。ここでは棒状で、戦国時

ガッタンコッコ　ガッタンコ
お菓子の汽車が笛鳴らし
ゾロゾロ入る隧道《とんねる》は
ぱっくり明《あ》いた犬の口。

代に伝来したままに素朴な菓子のことだろう。

　この童謡では「唐饅頭」「飴ん棒」「あるへい糖」「チョコレイト」と、いろんなお菓子を連鎖的にイメージしていったかと思うと、最後はみんな犬の口に入れてしまう。そんな意外性のあるオチが面白い。

　また、お菓子も犬も子どもは大好きである。そういう素材ばかりでこの童謡を構成するところに、八十のサービス精神をみることができる。

春のくれがた

築山《つきやま》のかげを
附木《つけぎ》の馬車が通った
エッチラ　オッチラ
曳《ひ》いてたは
黒い二匹の鋏虫《はさみむし》
うえで居睡《いねむ》りしていたは

初出は一九二〇（大9）年七月号の「赤い鳥」である。童謡集『鸚鵡と時計』、『西條八十童謡全集』に収録。

　のどかな春の日の庭先の風景をゆったりとした調子で描いた童謡である。土筆の頭を剃髪した僧侶の頭に見立て、その和尚さんが居睡りしている、というところが面白い。

　「附木」は片端に硫黄〔いおう〕を塗ったスギやヒノキの薄片のこと。火を移すために使用する。

　「鋏虫」はハサミムシ目の昆虫の総称。体長一～三センチで、地面に穴を掘って生息する。尾の端にハサミ状の器官があって、それでものを挟む性質がある。なぜ、附木を二匹ものハサミムシが曳くかというと、附木はおおよ

頭の長い頬《ほ》の赤い
土筆《つくしんぼう》の和尚さん。

そ長さが一〇センチ以上、幅が五センチちかくもあったからだ。そんな幅広の附木を馬車に見立てるとすれば、どうしても二頭立ての馬車でなければならない。いま神棚や神具を扱う店などで売っている附木は、むかしの日用品と比べると、かなり幅が狭いようだ。

夏の雨

夏の雨は
わるい雨
銀の火箸《ひばし》を
投げつけて
僕の花壇を
うちこわす
夏の雨は
ずるい雨

初出は一九二〇（大9）年八月号の「少年倶楽部」である。童謡集『鸚鵡と時計』、『西條八十童謡全集』に収録。井上武士の曲がある。

並の詩人なら、「わるい雨」「ずるい雨」というように直截的な表現は避けたいところだろう。しかし、この童謡ではあえて生活綴方風の直截的な表現を用いて、子どもの気もちを率直に表現した。嫌味がなく、かえって面白く仕上がっている。また、夏の夕立を「銀の火箸」に見立てるところが、いかにも八十らしい。

「天蚕絲」は釣り糸などに用いる細く丈夫な糸のこと。いまは合成繊維でつくるが、むかしは蛾の一種のテグスサンやカイコなどの幼虫の体内から原

白い天蚕絲《てぐす》を
繰《く》りおろし
池の緋鯉《ひごい》を
釣りかける。

料を採取し、細く引き延ばしてつくった。

なお、池の緋鯉に関連して、西條嫩子の『父　西條八十』に興味深いエピソードが載っている。最晩年の八十は、池の金魚に餌をやることをほとんど唯一の楽しみにしていた。あるとき、庭師が池の掃除をしたあと大半の金魚が死んでしまったので、お手伝いさんがあわてて新しい金魚を入れておいた。すると、死んだ金魚といつも話をしていた。新しいのと仲良くなるのには半年以上はきっとかかる、と寂しそうに語ったのだという。八十は犬なども可愛がっていたようだ。

花火

花火　花火
荒野《あれの》のような
さびしい空に
咲くかと見れば
花びらが　ぱらり
蕊《しべ》の粉《こ》が　ほろり
あとなく消える

初出は一九二〇（大9）年九月号の「赤い鳥」である。童謡集『鸚鵡と時計』、『西條八十童謡全集』に収録。成田為三の曲がある。

「蕊」はおしべとめしべのこと。「罌粟」は《芥子》とも書く。ケシ科の越年草で、種類によっては果実の乳液から阿片が採れる。ここでは、オニゲシ（オリエンタルポピー）やヒナゲシ（虞美人草）など、花を観賞するケシ科の栽培植物のことだろう。罌粟の花は夏の季語。

夏の夜空に消える花火を、はかなく萎［しお］れ散る罌粟の花に見立てている。これは花火の童謡だが、同時に罌粟の花の童謡でもある。ひとつの童謡でふたつの異なるイメージを重ねあ

花火　花火
おまえは
庭の
昨日《きのう》の罌粟《けし》か。

わせているところに、この童謡の面白味がある。

　のちの文部省唱歌に「どんと なった。／花火 だ、／きれい だな。／空いっぱいに／ひろがった、／しだれやなぎが／ひろがった。」という「花火」（一九四一）があるが、あまりにも概念的な説明の唄でありすぎる。

　これと比較して、八十の「花火」では怪しいまでに美しい芸術の世界が描かれる。文部省唱歌とは比較にならない芸術性があるように思う。

ほそみち

―こゝはどゥこのほそみちじゃ
―とうさんのあたまのほそみちじゃ
―ちょっととおしてくださんせ。
―ごようのないものとおしゃせぬ
―おもちゃのじどうしゃはしらせに
―どこからどこまではしらせる。
―まゆからつむじへはしらせよう

初出は一九二〇（大9）年一〇月号の「赤い鳥」である。童謡集『鸚鵡と時計』、『西條八十童謡全集』に収録。『鸚鵡と時計』で「めをさます」を「目をさます」に、『西條八十童謡全集』でいまのように変えた。小松耕輔のほか、乗松隆一の曲がある。

とうさんの顔をモチーフに、何気ない子どものいたずらを通して、父と子のほほえましい日常生活のひとこまを描きだしている。

八十は前月号の「赤い鳥」にも童謡「頬ひげ」を載せ、ひげの生えた父さんの頬を「砂浜か」「笹藪か」と見立てている。

この童謡のもうひとつの特徴は、伝承わらべ唄のパロディーになっている

―とおりゃんせとおりゃんせ
ゆきはよい〳〵かえりはこわい
ひるねのとうさんめをさます。

ことだ。誰もが知っている「通りゃんせ」の歌詞を下敷きにしたところにおかしみがある。

　初期の八十はさまざまな手法を試みたが、この童謡もそのひとつ。表現上の工夫によって子どもの興味をひくことを狙ったものだろうが、やや小手先の技巧に走りすぎたきらいもなくはない。

草鞋《わらじ》をすてて

——遠足にて子がうたえる——

草鞋よ　草鞋よ
さようなら

夕日が赤い
田舎みち
切れたばかりに
棄ててゆく

初出は一九二〇（大9）年一〇月号の「童話」である。童謡集『鸚鵡と時計』、『西條八十童謡全集』、『少年詩集』に収録。

七・五のリズムを主調にしながら、「草鞋よ　草鞋よ／さようなら」で四・四・五のリズムに転じたところが印象的である。

ここには過剰なまでの感傷性がみられる。いかにも大正期の童心主義童謡らしい感覚だ。八十はのちに「遠足の歌」（「少年倶楽部」一九三〇年六月号）で「険しいみちを登るとき／草鞋の紐を切らすなよ。」とも書いている。

「童話」という雑誌は、方言を取り入れるなどして、地方の子どもにも配

草鞋よ　草鞋よ
さようなら
都そだちの
おまえゆえ
今夜は夢が
さびしかろ
古い草鞋よ
さようなら。

慮した編集方針をとっていた。そこが共通語主義の「赤い鳥」とは大きくちがう。

　それでも、この童謡はまぎれもなく都市の子どもの感覚である。農村の子どもは、草鞋が切れても道端に棄てるようなことはしない。切れた草鞋であっても、堆肥や焚きつけなどに利用できる。なによりも、「都そだちの／おまえゆえ／今夜は夢が／さびしかろ」などと考えるはずはない。これは先祖代々の江戸っ子であった八十らしい感覚である。この時期の八十にとって、地方はまだ避暑や旅行や遠足で訪れる対象でしかない。

　もっとも、のちには八十もさまざまな地方にちなんだ新民謡と呼ばれる創作民謡を創っている。

浜辺の出来事

芒《すすき》のかげの
赤牛ねむれ

蟻が三匹
ひとりごと——
「こゝにあるのは
お城か山か
路《みち》がまわりで

初出は一九二〇（大9）年一〇月号の「少年倶楽部」である。童謡集『鸚鵡と時計』、『西條八十童謡全集』に収録。

「芒」は《薄》とも書く。赤牛がねむるススキの「かげ」は物陰のこと。夕焼小焼のススキの「かげ」は光の影であろう。夕焼小焼の「小」は語調を整えるための語で、童謡ではよく用いられる。とりたてて意味はない。「赤牛」は和牛の一種である。体毛に赤味がかかっている。

小さな蟻にとって、赤牛はまるでお城か山のように大きい。八十の童謡には、よくこういう取りあわせの妙がみられる。「遠ござる」「近ござる」という古語的な表現にも面白味がある。

遠ござる」
浜辺の雨だ
赤牛にげろ

蟻が三匹
ひとりごと――
「消えて失《う》せたは
お城か山か
路はひとすじ
近《ちこ》ござる」

赤牛や蟻たちで大騒ぎがあったあとの浜辺では、夕日をあびた芒のかげだけが、何事もなかったように長く尾を曳いている。余韻をもたせた締めくくりが実にうまい。

芒のかげは
夕焼小焼。

鳥と人

白い鳥
黒い鳥
そろって飛ぶ
朝の通り
晴れた通り

月給とり
勘定とり
ならんで通る

初出は一九二〇（大9）年一一月号の「赤い鳥」である。童謡集『鸚鵡と時計』、『西條八十童謡全集』に収録。

ナンセンスな言葉あそび唄である。

いうまでもなく、「月給とり」は勤め人のこと。「勘定とり」の多くもそうである。大正の頃、新たに都市に生まれた中間層は、郊外の新興住宅地から都心のオフィスに通って仕事をした。したがって、朝晩には多くの「月給とり」が自宅とオフィスの間を行き来する。おのずから、ラッシュアワーというものも生まれた。大正ならではの新しい風景である。そんな風景を、餌場とねぐらを行き来する鳥の姿に重ねあわせた。

さして完成度の高い童謡ともいえな

昼の通り
電車通り

白い鳥
月給とり
黒い鳥
勘定とり
まじって帰る
夕《ゆうべ》の通り
暮れる通り。

いが、時代の証言者としての歴史的な価値は高い。

お皿の祭

お皿の
まんなか
お祭だ
まぐろの
お鮨は
赤半纏《あかはんてん》

初出は一九二〇（大9）年一一月号の「小学男生」である。童謡集『鸚鵡と時計』、『西條八十童謡全集』に収録。初出時のタイトルは「皿のお祭」であったが、『鸚鵡と時計』以降はいまのように変えた。

　江戸前のにぎり鮨が賑かに大皿へ盛られる。いまもむかしも、子どもは食べることが大好きだ。子どもの好きなにぎり鮨を題材にしたところに、八十のサービス精神が現れている。

　一九一七（大6）年のことである。不遇な環境にあった八十が、生活のため東京・新橋に「天三」という天ぷら屋を経営した。毎朝、ゴム長靴をはいて魚河岸へ魚を買いにいっていたので、八十は魚に目が利くようになった

あおい
背広は
鯖《さば》のすし
海苔巻
きおいの
はちまきで
わさびの
花車《だし》を
曳《ひ》いてゆく

ようだ。

「半纏」は丈の短い上着のことなので、「まぐろの／お鮨は／赤半纏」ということは、まぐろの赤身の鮨を意味する。魚に目が利く八十がなぜまぐろの赤身を取りあげたかというと、この当時、いわゆるトロはあまり好まれず、下等品であったからだ。トロが高級品になったのは敗戦後のことである。

戦後になって八十が作詞した流行歌に「江戸っ子寿司」（上原げんと・作曲）がある。美空ひばりがレコードに吹き込んで一九五八（昭33）年に発売された唄だが、ここには中トロがでてきたりする。

お皿の
おまつり
賑《にぎや》かだ。

月と猫

おしゃれの三毛《みい》ちゃん
縁がわで
今夜も顔を
あらってる

三毛ちゃんの鏡は
お月さま
空にまあるい
お月さま

初出は一九二〇（大9）年一一月号の「幼年の友」である。童謡集『鸚鵡と時計』、『西條八十童謡全集』、『少女純情詩集』に収録。長谷山峻彦のほか、中山晋平の曲がある。

　月が鏡だ、というところにポエジーがある。猫が顔をあらうのは自然なしぐさだが、その猫は三毛猫である。ふつう三毛猫にオスはいないので、メス猫が月の鏡にむかっておしゃれをしているということになる。そんな情景からは、女性が鏡にむかって化粧をする姿を連想できなくもない。そう考えてみると、猫のしぐさに可愛らしさばかりではなく、どこかなまめかしいイメージが感じられる。

　なお、伝承わらべ唄に「家〔うウち〕

顔がうつるか
うつらぬか
おしゃれの三毛ちゃん
縁がわで
すまして顔を
あらってる。

の裏［うウら］の黒猫」がある。「家の裏の黒猫が／お白粉［しろい］つけて紅つけて／人に見られて　チョイと隠す」というものだ。「黒猫」を「三毛猫」に置きかえて歌うこともある。

燕《つばめ》と時計

秋がきたとて
ふるさとの
南へいそぐ
燕《つばくらめ》

ゆくては遠い
アフリカの
船の時間を
気にかねて

初出は一九二〇（大9）年一二月号の「赤い鳥」である。童謡集『鸚鵡と時計』、『西條八十童謡全集』に収録。草川信の曲がある。

「気にかねて」は《気にかけて》の意。秋になって渡りの季節を察知したツバメが、店先の時計をのぞくはずはない。だから、「酒屋の軒で／宙がえり／時計をのぞく／燕」は詩的表現である。しかし、人家の周囲では、ツバメの飛ぶ姿はそのようにも感じられる。時計は時間の経過（季節の移り変わり）の象徴的表現でもある。的確な比喩表現といえよう。

ただ、日本で夏場をすごすツバメの越冬地は、台湾からフィリピン・マレー半島など東南アジアの一帯とされ

酒屋の軒で
宙がえり
時計をのぞく
燕

ている。アフリカ行きの船に乗るイメージにはそぐわない。これはヨーロッパで夏場をすごすツバメのイメージだろう。イギリス文学やフランス文学に造詣の深い八十らしい連想である。

なお、八十は「帰る燕」(初出未詳。一九二四年五月)でも、南へ帰るツバメを題材にしている。だが、ツバメと時計を取りあわせるようなユニークな発想はない。八十の流行歌「サーカスの唄」(古賀政男・作曲　一九三三)ではサーカスの団員をツバメにたとえているが、その一節に「とんぼがえりで　今年もくれて／知らぬ他国の　花を見た」という詩句がある。

鳶《とんび》ひょろひょろ

鳶ひょろひょろ
ひょうろひょろ
おなかが空《す》いて
ひょうろひょろ

山から町へ
出てくれば
親の無い子が
泣いていた

初出は一九二〇（大9）年一二月号の「幼年の友」である。一九二二（大11）年五月号の「童謡」に再掲載。童謡集『鸚鵡と時計』、『西條八十童謡全集』に収録。中山晋平のほか、山田耕筰や草川信の曲がある。

『西條八十童謡全集』のあとがきによれば、禽類と人間との美しい交愛を詠った、という。ヒューマニスト・八十の面目躍如というところである。

ただ、八十の童謡にしばしば親のない子どもが登場するのは、読者の子どもが不幸な境遇の子の物語を大好きだからでもある。もともと、「赤い鳥」や「童話」のような文芸雑誌の読者は、めぐまれた境遇のもとにある。自分の境遇とかけ離れているからこそ、

親の無い子の
あぶらげは
欲しさは欲しし
とれもせず

鳶こらえて
ひょうろひょろ
もとの山へと
ひょうろひょろ。

悪くいえば可哀想な子への同情を《楽しめる》のだ、ともいえる。

「ひょろひょろ」は、トンビの啼き声と腹ぺこであることを掛けた表現である。童謡の内容も、俗にいう《トンビにあぶらげをさらわれる》を下敷きにしていて、わかりやすい。

なお、八十の童謡「鳶と韈〔くつした〕」（一九二五年一月号「童話」）でも、韈を攫〔さら〕う鳶が「とろとろ」と啼く。《とろ》と《盗ろ》をかけたもので、八十の大衆性の現れであるが、ここまであからさまに書かれてしまうと、少し通俗的にすぎるように思う。

なくした鉛筆

背戸《せど》の
榎《えのき》の
山がらす
僕の鉛筆知らないか

きのう
落して
見あたらぬ
僕の鉛筆知らないか

初出は一九二一（大10）年二月号の「まなびの友」である。童謡集『鸚鵡と時計』、『西條八十童謡全集』に収録。小松耕輔のほか、長谷山峻彦や山田耕筰の曲がある。

むかしは金属製の鉛筆キャップをよく使用したものだが、いまではあまり見かけなくなった。銀色の鉛筆キャップを「銀の冠」に見立て、「王子のような顔をした／可愛い鉛筆」と表現したところに面白味がある。

ちなみに、この童謡が発表された一九二一（大10）年には、鉛筆一本が五厘であった。このとき、おとな一人の入浴料が六銭であったから、それほど高価な品というわけでもない。それでも、鉛筆キャップや「赤い纓」をつ

銀の冠《かんむり》
赤い纓《ひも》
王子のような顔をした
可愛《かわ》い鉛筆知らないか。

けて大切にしていた鉛筆である。そんな鉛筆をなくしてしまったのだから、くやしくてしかたがない。子どもの気もちをリアルに表現したところがうまい。

「背戸」は家の裏手のこと。「榎」はニレ科の落葉高木。関東以南に多く、高さ一〇～二〇メートルもの大木に育つ。「山がらす」はカラスの種類ではなく、山に生息するカラスの意。カラスにはミヤマガラスという種もあるが、ここでいう山がらすは一般的なハシブトガラスやハシボソガラスを総称したものだろう。

祖母と鸛《こうのとり》

さむい冬の晩でした
遠く　遠く
凩《こがらし》の音が聞えていました

お祖母《ばあ》さんは
炬燵《こたつ》にあたっていました
襖《ふすま》に映《うつ》ったその影が
くびが細く　裾《すそ》がひらいて
ちょうど鸛のように見えました

初出は一九二一（大10）年三月号の「赤い鳥」である。童謡集『鸚鵡と時計』（改訂三版 一九二一）、『西條八十童謡全集』、『少年詩集』に収録。

この童謡は八十が新しい形式を模索した試みのひとつで、この頃の八十にしてはめずらしい散文詩風の作品である。

さむい冬の晩にひとりで炬燵にあたっている子どもが、亡くなった優しいお祖母さんのことを想っている。むかしは祖父母と同居する子どもがいまよりずっと多かった。同居の場合には、祖父母の死の重みがまるでちがう。語りかけるような「です」「ます」調が、しみじみとした情感を高めている。

それは五年もまえのことです
梅の花のさくころ
お祖母さんは亡くなりました

今夜も凩が鳴っています
炬燵にひとりあたっていると
しみ〴〵昔が想いだされます

そして、あの懐かしいお祖母さんの魂《たましい》が
白い鸛となって
今夜の凩のなかを　暗い空のうえを

「鸛」はコウノトリ科の野鳥。全長一メートルほどで、体色は白く、風切り羽が黒い。日本画では、よくツルと混同して描かれた。ヨーロッパでは古くから幸福を運ぶ鳥とされ、日本でも霊力をもつ鳥として伝説などに登場する。

　襖に映ったお祖母さんの影がコウノトリのようだというところに、いかにも子どもらしい感覚がみられる。

遠く　遠く　どこまでも
翔《かけ》ってるような気がしてなりません。

ＡＢＣ

はじめて英語を
ならってみたら
Aという字は
はしごに似てた
Bという字は
あぶくに似てた

童謡の本文は『西條八十全集』（底本は不明）によった。同全集によれば、初出は一九二一（大10）年四月号の「小学男生」だが、これは「ABCを／習って戻りゃ、／みち〳〵の／舟の白帆がAに見え、／遠くの山がBに見え、／七日の月がCに見え、／歩きながらもおもしろや。／ABCを／おぼえて帰りゃ、／植木屋の／庭のはしごがAに見え、／父さんの眼鏡がBに見え、／薬罐〔やかん〕の鉉〔つる〕がCに見え、／家〔うち〕にいてさえおもしろや。」という同タイトル・同モチーフの異なる童謡である。

　この童謡では、初めて英語をならった子どもの感覚が軸になっている。最初は無関係に思えても、イメージの連

Cという字は
つり針に似てた
みんな書いたら
手帳のかみが
杭のならんだ
川のようになった

鎖を重ねていくうちに、全体としてひとまとまりのイメージができあがっていく。こういう手法は、八十の童謡によくみられるものだ。

　八十は中学に進むと、特に英語の勉強に励んでいる。その頃、兄嫁の実家の貸家に林玉三郎というイギリス帰りのコックが住んでいた。その夫人がエミリイという英国人であったので、英語をならった。エミリイは熱心なクリスチャンで、八十は彼女につれられて教会にも通ったようだ。のちに夫と離別して母国へ帰ったが、八十は自分の翻訳詩集『白孔雀』（一九二〇 尚文堂書店）を出版したとき、彼女に献呈している。

　ほかに、八十の家に寄宿していた新聞記者あがりの福永文雄にも、英語をならったという。

たんぽぽ

ふわり　ふわり　と
とんでゆく
春の野原の
白い煙《けむ》

小人の村も
たそがれて
夕餉《ゆうげ》支度《じたく》を
するころか

初出は一九二一（大10）年六月号の「赤い鳥」である。童謡集『鸚鵡と時計』（改訂三版）、『西條八十童謡全集』に収録。草川信のほか、小松耕輔の曲がある。

「たんぽぽ」はキク科の多年草で、春の季語。近ごろでは帰化植物の西洋タンポポばかりが目につき、一年中花が咲いている。だが、これは戦後の風景であり、大正の風景ではない。この童謡に登場するタンポポは、在来種の日本タンポポで、春に花を咲かせて結実する。

ところが、小人の村の家には赤い煙突があるのだから、モダンな西洋風である。おそらく八十は意識しなかっただろうが、むかしながらの日本タンポポ

赤い　小さな
煙突は
草にかくれて
遠い月

ふわり　ふわり　と
たんぽぽの
白い絨毛《わたげ》が
とんでゆく。

ポと西洋風の小人の家の取りあわせが面白い。
　タンポポの種の絨毛を小人の夕餉支度の煙に見立てているところに、ユニークな発想がある。また、「草にかくれて／遠い月」という感覚が面白い。ただ、「ふわり　ふわり」というオノマトペ（擬音語・擬態語）には、もうひと工夫が欲しいところである。

かくれんぼ

おもいだすのは
かくれんぼ
待てどくらせど
来《こ》ぬ鬼に
さびしい納屋《なや》の
櫺子《れんじ》から

初出は一九二一（大10）年七月号の「赤い鳥」である。童謡集『鸚鵡と時計』（改訂三版）、詩集『蠟人形』、『西條八十童謡全集』に収録。草川信の曲がある。

「櫺子」は《連子》とも書く。窓や戸にタテまたはヨコにはめ込んだ格子のこと。「みそさざい」はミソサザイ科の野鳥。体長が一〇センチほどで焦げ茶色の地味な鳥。日本では、ほとんどの地域で一年中見られる。動きが敏捷で、啼き声が大きく美しい。

『現代童謡講話』によれば、この童謡は八十が少年時代に相模（神奈川県）の田舎で暮した頃の想い出だという。

なにげない七音と五音の定型律で、

そっと覗《のぞ》けば
裏庭の
柿の木にいた
みそさざい。

子どものかくれんぼ遊びを描いている。内容的にはただそれだけの童謡だが、子どものさびしく孤独な想いをミソサザイに凝縮させて表現するところに、八十の卓越した手腕をみることができる。

人形の足

母さま　母さま
草原に
人形の足がありました

赤いズボンに長い靴
可愛《かわ》い騎兵の片足が
もげて　転《ころ》げておりました

初出は一九二一（大10）年八月号の「赤い鳥」である。童謡集『鸚鵡と時計』（改訂三版）、詩集『蠟人形』、『西條八十童謡全集』に収録。この童謡を最後に、八十は「赤い鳥」を去った。

『西條八十童謡全集』のあとがきに、この童謡について次のような記述がある。

――あの記憶すべきニコライエフスクの虐殺のちょうど一周年の日に書いた。私はその日当時住んでいた郊外池袋のと或る空地の青草の上に落ちていた人形の片足を見て、そぞろにあの取返し難き惨劇を想い合せた。

ニコライエフスク（尼港）は、アムール川の河口に位置する小都市である。一九二〇（大9）年三月に、ロシア革命に干渉して尼港に駐留中の少数の日本陸軍と、赤軍パルチザンの大軍が衝突。日本軍はほぼ全滅し、生き残りの兵員と現地の日本人居留民は抑留

しずかな夏の
あけがたに
誰《たれ》が戦《いくさ》をしたのやら
母さま
青い草原に
人形の足がありました。

された。その後、日本陸軍の援軍が尼港に接近すると、パルチザンは闘わずして撤退する。しかし、このとき抑留中の日本人や反革命派のロシア人多数を虐殺した。これがいわゆる尼港事件で、この事件を機に、当時の日本人の間で反ロシア感情が一気に高まっている。こうした国民的な憤激のなかで、八十はこの事件の想い出を象徴的な方法で描いたのである。

　ちなみに、虐殺は五月二五日のことであった。八十は早くも事件の翌月一三日付の「読売新聞」紙上に、「尼港の虐殺」と題する詩を発表している。これは自分の三歳［みっつ］になる娘に語りきかせる形式の詩で、「きょうは静かに話そう、／母さんの帰るまで／あのニコライエフスクの怖ろしいお伽噺［とぎばなし］を。――」云々というものである。

幌馬車

大晦日《おおみそか》の晩に
幌馬車が通った
珈琲《こおひい》いろの馬が
鬣《たてがみ》そろえ
お客ものせず
灯《あかり》もつけず

初出は不詳。『西条八十著作目録・年譜』によると、一九二一（大10）年八月の作である。童謡集『鸚鵡と時計』、詩集『蝋人形』、『西條八十童謡全集』に収録。

「霙」は雨まじりの雪。氷雨のこと。雪がとけて雨まじりに降るもので、冬の季語である。「褥」は《茵》とも書く。敷物や敷き布団の類である。

『西條八十童謡全集』のあとがきによると、この童謡は歳月の推移とともに寂しく葬られる人間の希望を、約束を象徴的に詠ったものだ、という。

幌馬車は歳月の推移、薔薇は愛または希望、指環は約束の象徴であろう。いずれも欧風のイメージである。こう

今年の夢を
送りの馬車か
霙《みぞれ》の辻で
のぞいて見れば
うすむらさきの
褥《しとね》のうえに
しおれた薔薇と
指環《ゆびわ》がひとつ。

して、大晦日の晩に歳月の推移を象徴する幌馬車が、この一年の間に破られた愛　希望・約束をのせて去ってゆく。

　これはもとより子どもの感覚ではない。子どもには、何ほどかエキゾチックで不思議なイメージが伝わればそれで良いと、八十は考えたのであろう。《童心童語》を理想に掲げた北原白秋とはそこがちがう。

霙《みぞれ》ふる夜《よ》

霙ふる夜に
かるたをとれば
可愛《かわ》い兵隊《ジャック》の札《ふだ》が無い
赤い帽子《しゃっぽ》に
短剣《たんけん》さげて
どこへ紛《まぎ》れて行ったやら

初出は不詳。『西条八十著作目録・年譜』によると、一九二一（大10）年八月の作である。一九二五（大14）年五月号の「童謡」に再掲載。童謡集『鸚鵡と時計』、『西條八十童謡全集』に収録。草川信の曲がある。

「霙」は氷雨のこと。「かるた」は西洋カルタのこと。つまり、トランプである。この童謡では、トランプが西洋文化の象徴として、エキゾチックなイメージの色づけに用いられている。もともと、カルタは戦国時代にポルトガル人が伝えたといわれているので、トランプをカルタと呼ぶのは不当なことではない。明治時代に外国のトランプをまねて国産化がはじまり、日本中で親しまれるようになったようだ。

霙ふる夜に
さびしく偲《しの》ぶ
可愛い兵隊のひとり旅。

日本ではジャックの札は王子の絵柄だと思われているため、「可愛い兵隊」のイメージに違和感があるかもしれない。しかし、本来は騎士や従者をモデルにデザインされたものだ、という説が有力である。

　また、もともとトランプ（trump）は《切り札》の意味で、英語ではカード（card）またはプレイング・カード（playing card）という。これは西洋人がゲームの最中に「トランプ」と叫ぶのを聞いて、これが西洋カルタの名称だと日本人が誤解したことに由来するようだ。八十がカードを《トランプ》ではなく《かるた》と呼んでいるのは、誤解から生じた名称を嫌ったからかもしれない。

雪の手紙

さらさらさらと
巻いてゆく
雪の手紙の
長いこと

夜ふけの窓の
玻璃《がらす》ごし
甜菜《あまな》畠《ばたけ》も
丘の木も

初出は不詳。『西条八十著作目録・年譜』によると、一九二一（大10）年八月の作である。童謡集『鸚鵡と時計』、『西條八十童謡全集』に収録。高沢隆の曲がある。

七・五のリズムの繰りかえしで、降り続く雪のイメージを淡々と描きだしている。雪を白い手紙に見立てたところがユニークだといえる。もちろん、「手紙」といっても便箋などではない。古風な巻紙の手紙をイメージすべきだ。

「甜菜」はふつうサトウダイコンのことである。しかし、北海道を除いてサトウダイコン畠は一般的ではないので、ここでは《辛菜〔からな〕》に対する《甘菜〔あまな〕》のことだろう。古

星もかくして
白々《しらじら》と
家《うち》のまわりを
巻いてゆく

誰《たれ》に宛てての
たよりやら
雪の手紙の
長いこと。

くから、白菜や人参など甘味のある野菜を《甘菜》といい、ダイコンなど辛味のある野菜を《辛菜》という。

雪の夜《よ》がたり

雪はふるふる
夜《よ》の街《まち》に
あわれな母子《おやこ》がありました

「母さん、ぼくは歩けない
お腹がすいて歩けない
麺麭《ぱん》のかけでも欲しいな」と
男のこどもが言いました

初出は一九二一（大10）年一二月号の「詩聖」である。詩集『見知らぬ愛人』（一九二二 交蘭社）、『西條八十童謡全集』に収録。

「です」「ます」調で、雪の夜に行き倒れた貧しい母子を描くファンタジーである。八十が社会的弱者にもやさしい眼差［まなざ］しをむけていたことがわかる。

「麺麭のかけでも欲しいな」「他国の街」とあることから、この童謡ではどこか西洋の街がイメージされているようだ。

「ゆくりなく」は《思いがけなく》の意味。「もと」は草木などを数える語。「ふたもと」で二本の意味である。「水仙」はヒガンバナ科の植物。

「おお　おお　さぞや饑《ひも》じかろ
何《なん》なと買ってあげたいが
お金はつきる宿もない
せめてこの夜《よ》が明けたら」と
母は涙で言いました

雪はふるふる
月の夜《よ》の
他国の街は更《ふ》けてゆく

母子ふたりは抱《いだ》きあい
うすいマントに裹《くる》まって

地中海地方の原産といわれるが、イギリスではこの花を愛し、品種改良がさかんにおこなわれた。別名を「雪中花」というところから、行き倒れの母子が一本の水仙に化身するという発想が生まれたのだろう。

冷《つめ》たい夢に入《い》りました

その翌朝《よくあさ》の青い空
雪消《ゆきげ》のみちにゆくりなく
落ちたマントを拾いあげ
町の巡査が裡《なか》見れば
やさしく咲いた水仙の
花がふたもとありました

雪はふるふる
世とわかれ
母子は花と化《な》りました。

ぼくの帽子

母さん、僕のあの帽子どうしたでしょうね？
ええ、夏、碓氷《うすい》から霧積《きりずみ》へゆくみちで、
谿底《たにそこ》へ落したあの麦稈《むぎわら》帽子ですよ。

母さん、あれは好きな帽子でしたよ、
僕はあの時、ずいぶんくやしかった、
だけど、いきなり風が吹いてきたもんだから。

初出は一九二二（大11）年二月号の「コドモノクニ」である。このとき、第三連に「骨打って」と誤植があった。『少年詩集』に収録。このとき、タイトルを「帽子」に変えた。また、第四連の「あのとき傍に」を「そのとき傍に」に、第五連の「以太利麦」を「伊太利［イタリー］麦」に変えた。

子どもが母さんに呼びかける珍しい形式の童謡である。なくした帽子の下できりぎりすが啼いた。今頃は帽子が雪に埋もれているかも知れない。そんな連想を重ねる手法は、いかにも八十らしい。

帽子をなくすテーマの童謡には「麦藁帽子」（初出不詳。一九二一年八月）もあるが、この童謡の豊かなイマ

母さん、あのとき、向《むこう》から若い薬売が来ました
っけね。
紺の脚絆《きゃはん》に手甲《てっこう》をした。
そして拾おうとして、ずいぶん骨折ってくれま
したっけね。
けれど、とうとう駄目だった、
なにしろ深い谿で、それに草が
背たけぐらい伸びていたんですもの。
母さん、ほんとにあの帽子、どうなったでしょ
う?
あのとき傍《そば》に咲いていた、車百合《くるまゆり》の花は

ジネーションには及ばない。

　この時期に八十が創った「です」「ます」調のバラードの到達点のひとつで、完成度は高い。やがて八十の関心が、童心を歌う童謡から読むための少年詩にむかうことをも、予感させられる。

　「碓氷」は長野県北佐久郡軽井沢町と群馬県碓氷郡松井田町との境にある峠。「霧積」は松井田町にある霧積温泉附近の高原である。「薬売」はいわゆる越中「えっちゅう」富山の薬売のこと。各家庭に預けた薬箱を巡回し、使った薬の料金を回収して薬を補充する旅の商人。「脚絆」は足を保護し、動きやすくするために臑「すね」にまとう布のこと。「手甲」は《てっこう》または《てこう》と読む。手の甲を覆う布のこと。「車百合」はユリの一種。オレンジ色の花が夏の高原を彩る。「以太利麦」は文字通りイタリア

もうとうに、枯れちゃったでしょうね。そして
秋には、灰色の霧があの丘をこめ、
あの帽子の下《した》で、毎晩きりぎりすが啼いたかも
知れませんよ。

母さん、そして、きっと今頃は、　今夜あたりは、
あの谿間に、静かに雪が降りつもっているでし
ょう、
昔、つやつやひかった、あの以太利麦《いたりあむぎ》の帽子と、
その裏に僕が書いた
Y・Sという頭文字を
埋《うず》めるように、静かに、寂しく。

産の麦わらのこと。イタリアの中・南部地方は良質のデュラム小麦の産地で、パスタなどに用いられている。Y・Sは《西條八十》のイニシャルとも読める。

なお、この童謡は、森村誠一の小説『人間の証明』（一九七六）で一躍有名になった。エレベーターの中で殺された黒人が、西條八十の詩集をもっていた。事件の解決にこの童謡が重要な手がかりになる、というストーリーである。一九七七（昭52）年には角川春樹事務所の制作で映画化されたほか、近年にいたるまで何度もテレビドラマ化されている。

お月さん

お月さん
ひとりなの
わたしもやっぱり
ひとりなの

お月さん
空の上
わたしは並木の
草の上

初出は一九二二（大11）年四月号の「童話」である。詩集『蝋人形』、『西條八十童謡全集』に収録。本居長世の曲があり、長世はこれを自分の会心の曲だといっていたという。長世は山田耕筰との折りあいが悪いため、「赤い鳥」からほぼ排除されていた。八十が「童話」に活躍の舞台を移したことは、長世にとって幸いであった。

この童謡では、孤児が自分の孤独な境遇を月に重ねあわせている。親のない子は八十の童謡にしばしば登場するモチーフだが、心を通わせることができるものがお月さんだけだとしたら、何と不幸な人生であろうか。五・五・八・五のリズムにのせて、しみじみとした気もちが歌い込まれている。

お月さん
いくつなの
わたしは七つの
親なし子《ご》

お月さん
もうかえる
わたしもそろそろ
ねむたいの
お月さん

「お月さん／いくつなの／わたしは七つの／親なし子」の一節は、「お月さんいくつ、十三、七つ」という伝承わらべ唄を踏まえたものであろう。大正期の童謡では、月は孤独感や寂寥感のシンボルとして取りあげられることが多い。

七日の月は夜中に沈む。夜中になったから「わたしもそろそろ／ねむたいの」であり、「お月さん／さようなら」である。そういう理屈を抜きにしても「あしたの晩まで／さようなら。」という締めくくりは、余韻を残してみごとである。

なお、八十の流行歌「越後獅子「えちごじし」の唄」（万城目「まんじょうめ」正・作曲 一九五〇）の一節に「わたしゃ孤児「みなしご」 街道ぐらし／ながれ〳〵の 越後獅子」がある。

さようなら
あしたの晩まで
さようなら。

九人の黒んぼ

九人の黒んぼが
ずらりと並んだ
誰《だアれ》も知らない浜辺の話

大きな禿鷹《はげたか》
沖から飛んできた
波《なアみ》の静かな朝の話

大きな禿鷹

初出は一九二二（大11）年五月号の「童話」である。詩集『蠟人形』、『西條八十童謡全集』に収録。本居長世の曲がある。

今日からすると「黒んぼ」は適切な表現ではないが、歴史的な表現であるためあえて原文のままにした。

マザーグースに「十人の黒んぼ（Ten Little Niggers）」という唄があるので、八十はこれからヒントを得たのかもしれない。マザーグースの唄のほうは、八十の唄よりずっとのちにアガサ・クリスティーがミステリー『そして誰もいなくなった（Ten Little Niggers）』（一九三九）で取りあげて、すっかり有名になった。

なお、八十は『現代童謡講話』で、

黒んぼを攫《さら》った
はじめは四人《よったり》　それから五人《にん》
空には泣声
浜辺の砂にゃ
赤《あアか》い頭巾《ずきん》が九つ残った
九人の黒んぼが
そろって失《う》せた
誰《だアれ》も知らない昔の話。

この童謡について、次のように解説している。

――昔噺［むかしばなし］や著名な寓話などを単に童謡化したものでなく、詩人が独自の構想によって、内容形式共に新しい一篇の童謡詩とも呼ぶべきものを編み出し、これを児童等に与える場合もある。

「禿鷹」はハゲワシ類やコンドル類の俗称。死肉を食べることから、不吉なイメージがつきまとう。いくらなんでも生きている成人をハゲタカがさらっていくことはありえないだろう。だが、「空には泣声／浜辺の砂にゃ／赤い頭巾が九つ残った」という情景には、妙にリアリティーがあって、不気味な怖さを感じる。

八十は少年少女むけの冒険読物や探偵小説も書いていて、こういう演出や雰囲気づくりが実にうまい。

つくしんぼ

見知らぬ人に負《おぶ》われて
越えた旅路《たびじ》のつくしんぼ
見知らぬ人は黒外套《くろまんと》
顔もおぼえず　名も知らず
いずくの国か　いつの世か
月さえほそい春のくれ

初出は一九二二（大11）年六月号の「童話」である。『西條八十童謡全集』に収録。本居長世の曲がある。

八十は『西條八十童謡全集』のあとがきで、次のように書いている。

――「つくしんぼ」では春になると私の胸に蘇ってくる或る遠い幽かな追憶をうたった。時も場処［ばしょ］も定かでない、現世の経験ともまた前世［さきつよ］の出来事とも判然しない怪しくまた懐かしい記憶である。私にはこうした感動を持つ者が自分独りでは無いような気がする。

これを別の言い方で説明すると、次のようになる。見知らぬ人に背負われて故郷を離れ、遠い旅路の果てにつくしんぼを見た。この童謡の背景にはそ

きょう片岡《かたおか》にひとり居て
夢のようにもおもいだす
見知らぬ人に負われた
遠いその日のつくしんぼ。

んな幻想がある、ということだ。

「つくしんぼ」は春の季語で早春に生える。「片岡」は一方が切り立っている岡、または孤立した岡のこと。ここでは、孤立した岡であろう。早春の夕暮れに限りないさびしさを感じ、その思いを七・五調でつくしんぼの想い出に凝縮させている。

ところで、国語・国文学者で本居長世の弟子でもあった金田一春彦は、小学校三年生のときにこの童謡と出会っている。あまりに自分の境遇とかけ離れていたが、そのころ金田一家に寄宿していたアイヌ民族出身の知里幸恵から、この童謡の情景を説明してもらった。すると、夢を見ているようなうっとりした気もちになり、初めて詩というものの美しさに感動した、という。

かるた

黄金《きん》の洋燈《らんぷ》が
ついていた
誰《だれ》か骨牌《かるた》を
きっていた

春の夜ふけの
河岸通《かしどお》り
ホテルの窓を
のぞいたら

初出は一九二二（大11）年六月号の「童話」である。『西條八十童謡全集』に収録。

「骨牌」は西洋骨牌。つまり、トランプである。

もの淋しい春雨のふる闇夜のなかに「黄金の洋燈が／ついていた」とある。闇夜と黄金の洋燈の取りあわせは八十の童謡「しぐれ」にも登場する。こういう煌〔きら〕びやかなイメージは、いかにも八十らしい。そのうえで、「骨牌」「河岸通り」「ホテルの窓」という都会風のイメージをたたみかけ、さらにトランプをきる指さきに焦点を当てる。こうして、極限にまで焦点の定まったイメージを、今度は「そとにゃ小雨が／ふっていた。」と、

たったひとりの
指さきが
たったひとりで
淋しそに

誰か骨牌を
きっていた
そとにゃ小雨《こさめ》が
ふっていた。

窓の外の風景に拡散させていく。
　この童謡の技法上の特徴は視点の移動にある。

白いボオト

白いボオトが
ゆら〱と
遠い渚《なぎさ》に
つきました

白いボオトが
積んだのは
キャンディー　プリン、
カステイラ

初出は一九二二（大11）年七月号の「童話」である。『西條八十童謡全集』、『少女純情詩集』に収録。初出雑誌でのタイトルは「白いボート」であった。本居長世の曲がある。

「花菓子」は花の形をかたどった菓子のこと。主に和菓子をいう。「合歓の木」はマメ科の落葉高木。初夏から夏にかけて、赤やピンクなどの美しい花を咲かせる。山野に自生するほか、園芸種もある。夜になると小葉が閉じるためにこの名がついたといわれている。「鸚哥」は《音呼》とも書く。熱帯原産の鳥で、オウム目の小形の鳥の総称。オウムとの間に厳密な区別はない。

『西條八十童謡全集』のあとがきに

色とり〴〵の
花菓子や
銀で包んだ
チョコレエト

舟のなかには
誰《たれ》も居ず
無人島《ひとなしじま》の
合歓《ねむ》の木に
赤い鸚哥《いんこ》が

よると、この童謡は児童の飛翔自在な空想を詠ったものだ、という。

　七・五調のリズムにのせて、楽しい空想の世界の拡がりが描かれている。ボートの荷物を「キャンディー」「プリン」「カステイラ」「花菓子」「チョコレエト」とたたみかけ、一転して「無人島」「合歓の木」「鸚哥」にイメージを転じる手法は、八十の得意とするところである。

　白いボート、色とりどりの花菓子、銀の包み紙のチョコレート、赤い鸚哥といった華やかな色づかいも同様である。

首かしげ
今日も眺めて
居りました。

お隣さん

お母さん
お隣さんは
いつ来るの

新しいご門も
塀も出来あがり
真紅《まっか》な罌粟《けし》も咲いたのに

初出は一九二二（大11）年七月号の「小学男生」である。『西條八十童謡全集』に収録。草川信の曲がある。

子どもにとって、引っ越しは大事件である。引っ越す子、引っ越す子を見送る子、引っ越してきた子を受け入れる子と、それぞれの立場ごとに悲喜こもごもの愛憎がある。

――お隣に新しいおうちが建った、どんな人が越して来るだろうか、自分と同い年ぐらいの子供がいるだろうかと、楽しみにしている子供の気持がよく出ていて、共感した。

『西條八十全集』の「月報」によると、金田一春彦は子ども時代にこの童謡を読んで、こんな感想をもったのだという。

お母さん
お隣さんは
いつ移《こ》すの

待ち遠い
毎日つづく青い空
お庭の罌粟も散りかかる

お母さん
お隣の子は
どんなでしょう。

「罌粟」は花を観賞するケシ科の園芸植物である。

おもいで

向日葵《ひまわり》を
一輪持った女《ひと》でした
やさしい声でひそ〳〵と
僕に話をしてくれた
七尾《ななお》から伏木《ふしき》へわたる船の中
十四の夏のひとり旅

初出は不詳。『西条八十著作目録・年譜』によると、一九二二（大11）年七月の作である。詩集『海辺の墓』（一九二二 稲門堂書店）、『西條八十童謡全集』、『少年詩集』に収録。広瀬良子の曲がある。

八十は『私の作詩帖から』（一九三六 学芸社）で、この童謡について次のように書いている。

——ひとり旅の印象というものは強いものである。ましてそれが少年の日の初旅の記憶であったなら！ 心さびしい少年にはどの女性の面だちも、なつかしい慈母に似て見えたであろう。

「七尾」はいまの石川県七尾市、「伏木」はいまの富山県高岡市にあたる。いずれも、国内航路や外国航路の定期

わかれた浜の白い雲
ああ　その瞳《め》さえ忘られぬ
向日葵の
母さんに似た女でした。

船が発着する港町で、明治の頃には大いに栄えていた。地名を明確にしたことによって、港町のイメージがくっきりと鮮明に浮かびあがってくる。

　この童謡は、旅行中に出会った女性へのほのかな恋心を歌ったものと解釈できなくもない。八十は前掲書でも、白い夏雲のわく伏木の砂浜に下りたった女「ひと」には永劫に逢うよしもない、という意味のことを書いている。

赤い猟衣《かりぎ》

赤い猟衣の王子さん
日和《ひより》よいとて　にこにこと
きょうも鉄砲《てっぽ》を肩にかけ

伊達《だて》の猟衣も見せたいが
伊達の鉄砲もうちたいが

山を歩けば人が見ず
町を歩けば鳥がいず

初出は不詳。『西条八十著作目録・年譜』によると、一九二二（大11）年七月の作である。詩集『海辺の墓』、『西條八十童謡全集』に収録。

「伊達」は実質がないのに外見だけを飾ること。「王子」とあるから外国のイメージである。《王子さま》でなく《王子さん》とあるところに、伊達者［だてもの］を小馬鹿にしたニュアンスがある。「赤い猟衣」に身を固めて「鉄砲」をもってはみたものの、なにもできないまま、すごすご戻るしかない。そんな王子さんをからかうナンセンスな内容に仕上げられている。

大正から昭和初期にかけて、都市にはモダン・ボーイ（略して「モボ」）やモダン・ガール（「モガ」）があふれ

思案《しあん》するまにポツポツと
朝の時雨《しぐれ》がふりかかり
きょうも鉄砲を肩にかけ
すごすご戻る王子さん
赤い猟衣の王子さん。

た。モボはラッパ・ズボン、モガはショート・スカートにショート・ヘアといういでたちで、銀座や心斎橋を闊歩［かっぽ］する。「銀ブラ」「心［しん］ブラ」という語が流行語となったのも、このときのことであった。彼らは、にわか仕込みのカタカナ語を駆使しても、少しも内実が伴っていない。

《王子さん》のイメージに、こうした若者たちのイメージを重ねて見ることができるような気もする。

雨夜《あまよ》

雨のふる夜《よ》に母さんと
ひとつの傘をさしてゆく
路《みち》の明るさ　にぎやかさ

いつも淋しい踏切も
尨犬《むくいぬ》のいる横町も
今夜がなんで恐《こわ》かろう

雨よ　ざん〱音たてよ

初出は不詳。『西条八十著作目録・年譜』によると、一九二二（大11）年七月の作である。詩集『海辺の墓』、『西條八十童謡全集』、『少年詩集』に収録。大和田愛羅「あいら」の曲がある。

この頃は、いまとちがって街灯も少なく、町のなかでも夜はかなり暗かった。道路も舗装されていない。もともと、子どもに限らず誰にとっても雨は嫌なものである。ところが、八十は母さんといっしょなら「夜のうれしさ好もしさ。」だ、とした。そこに逆転の発想があって面白い。

北原白秋が「アメアメ フレフレ、／カアサン ガ／ジャノメ デ オムカイ、ウレシイナ…」の「アメフリ」

ひとつの傘を母さんと
いっそ仲よくさしてゆく
夜《よる》のうれしさ　好《この》もしさ。

（「コドモノクニ」一九二五年一一月号）を著すより三年もまえに、八十がこうした唄を創っていることは、もっと注目されて良い。

「尨犬」はむく毛の犬。むく毛はやわらかい毛のことである。

巨《おお》きな帽子

とても巨きな
麦藁《むぎわら》帽子
波のまにまに
うち上げられた
鍔《つば》のまわりで
競馬も出来よ
巻いたリボンで
天幕《てんと》も張れよ

初出は一九二二（大11）年一〇月号の「童話」である。『西條八十童謡全集』に収録。本居長世の曲がある。

　これは途方もなくスケールの大きなファンタジーである。しかし、八十は『現代童謡講話』で、この童謡の奥にある象徴的な意味について、次のような説明をしている。

　――この謡［うた］で私は単に童話的な厖大な空想を歌ったのではなかった。私たちはかの蟻と蟷螂［とうろう］と鳩と猟師との寓話のように、私たちを背後から窺［うかが］っている更に大きい生物を忘れてはならない。可見なる現象世界の背後に在るその宏［こう］なる世界の消息の一片を、私はこのおどけた謡によって示そうとしたので

城の殿さま
兵隊つれて
峰を越えるに
七日《なのか》も掛《かか》った
誰《だれ》がかぶって
棄てたか海に
とても巨きな
麦藁帽子。

あった。

　八十の説明のうち、《蟻と螳螂と鳩と猟師との寓話》は少しばかり分かりにくい。まずイソップの寓話に、鳩が蟻を助けたあと猟師に狙われた鳩が蟻に助けられる、というものがある。次に中国の故事に、蟷螂（かまきり）が蟬を狙っているとその後ろで鳥が蟷螂を狙っている、というものがある。《蟷螂》は《螳螂》とも書く。おそらく、八十のいう《寓話》は、そういうことを指しているのだろう。

　むろん、《私たちを背後から窺っている更に大きい生物》は象徴的な表現である。運命のようなものをイメージすれば良いのかもしれない。

しぐれ

時雨《しぐれ》のこびとよ
下《お》りてこい
金の洋燈《ランプ》を手に持って
足並《あしなみ》そろえて
夜更《よるふ》けて
ぼくのお屋根に下りてこい

時雨のこびとよ
覗《のぞ》きにこい

初出は不詳。『西条八十著作目録・年譜』によると、一九二二（大11）年一〇月の作である。『西條八十童謡全集』に収録。本居長世の曲がある。

「時雨」は冬の初めによく降る雨のこと。急に風が強まって、パラパラと降ったかと思うとすぐにやむ。「金の洋燈」とあるので、それは夜間の出来事であった。時雨の雨粒が屋根に当たって激しく音をたてた。

この童謡では、そういう情景をこびとが屋根に下りていると見立て、激しい雨のなかでも、ぼくと母さんが眠っている幸せな家庭が描かれている。

なお、八十の詩「七人」（『砂金』）に「跫音「あしおと」がする、／黄金の洋燈を持って／夜の老婆が／忍びかに

金の洋燈をちょいと消して
ぼくと母さんと
眠ってる
お窓の玻璃《がらす》を覗きにこい。

徘徊［さまよ］っている。」とある。詩の場合には、闇夜と黄金の洋燈の取りあわせに不気味なイメージがある。

活動写真

活動写真の母さんは
おもい病気で死にました
可愛《かわ》いいトムは倫敦《ロンドン》の
街《まち》で新聞売ってます
トムの父さん悪漢《わるもの》で
汽車の窓から逃げました

初出は一九二二（大11）年一一月号の「童話」である。『西條八十童謡全集』に収録。本居長世の曲がある。

映画のことを「活動写真」といったのは、おおむね関東大震災（一九二三）あたりまでのことだという。むろん、この頃は無声映画の時代で、活動弁士（活弁）が解説をつとめた。「トムの父さん悪漢で…」というようなストーリーは、活弁が語ったものである。

ただ、母さんが病気で死に、父さんが悪事を働き、子どもが新聞売りになっても、それは活動写真のなかの出来事である。現実の男の子は、良き父と母の間に挟まれ、活動写真の余韻にひたっている。浅草のような繁華街ではなく、静かな田舎にある活動写真館

活動写真の幕が下《お》り
出れば静かな田舎です
ぼくの右にはお父さん
ぼくの左にゃお母さん

はやく帰っておやすみと
月夜の雁《かり》が啼いてます。

からの帰り道の風景を描いたところが、八十にしては珍しい。全国のあらゆるところに庶民のささやかな幸せがあることを描きたかったのだろう。

この童謡を書いた頃の八十は、ふたりの女の子にめぐまれ、詩人であり早大の講師を兼ねていた。童謡に描かれる一家のささやかな幸福の背景には、こうした八十の実生活上の安定がある。

ちなみに、映画の常設館の第一号は浅草の電気館で、一九〇三（明36）年のことであった。映画制作会社の日本活動写真（日活）の設立は一九一二（大1）年である。大正バブルのさなかの一九一九（大8）年には、八十は全財産を処分して三千円を調達し、日活株を買った。一時的にだが、莫大な利益をあげたという。

蠟人形

蠟人形はすやすやと
煖爐《だんろ》のうえでねてました
おもてはひどい吹雪です

夜ふけ　小さなご主人は
蠟人形がさむかろと
あつい緋羅紗《ひらしゃ》を着せかけて
煖爐の上へのせました

初出は一九二二（大11）年一二月号の「童話」である。『西條八十童謡全集』に収録。本居長世の曲があるが、曲ではこの童謡の最後の二行がカットされている。

「緋羅紗」は緋色の羅紗のこと。羅紗はウールの厚い毛織物。日本には南蛮貿易を通じて輸入され珍重されたが、いまでは毛織物全般のことをいう場合が多い。こんなものを着せられたうえ、煖爐の上に置かれてはたまらない。いくら子どもの親切だといっても、蠟人形は溶けてしまう。そうした運命のはかなさを八十は多少の皮肉を込めて描いているが、それは八十の童謡「巨きな帽子」に通じるモチーフでもある。

蠟人形は楽しげに
夢を見ながらねています
夜明けのころは姿《かげ》もなく
溶《と》けている身と知りもせず
煖爐《ストーブ》の火は花のよう
おもてはひどい吹雪です。

蠟人形といえば、八十の詩に「失える人形」（『砂金』）がある。ここでは櫟［くぬぎ］林でなくした蠟人形のゆくえを母親に訊ねる子どもが、「お母さん、あなたいま薄笑［うすわら］いしましたね。あなた隠したのじゃありませんか。」と執拗に追及する。子どもが必死でゆくえを追い求める蠟人形は、秘められた過去の記憶の象徴なのかもしれない。

　なお、八十にはもうひとつ「蠟人形」（『砂金』）という詩がある。ここでは「あおく燻［くすぶ］る／大空に／誰［た］が忘れたる／蠟人形…」と、大空に誰かが忘れていった蠟人形が攣［つ］られている幻想が描かれた。また、八十は戦前・戦後にわたって雑誌「蠟人形」を主宰した。蠟人形は八十のもっともお気に入りの素材のひとつである。

玻璃《がらす》の山

玻璃の山のてっぺんに
黄金《きん》のお城がありました
城の塔にはお姫さま
囚《とりこ》になって居りました
王子は姫を救おうと
山のまわりを回ります

初出は一九二三（大12）年一月号の「童話」である。『西條八十童謡全集』に収録。本居長世の曲がある。

ラングの『世界童話全集』に「ガラスの山」という昔話がある。これは、王子がガラスの山に閉じ込められた姫を救いだすというストーリーである。グリムの「七羽のカラス」にも、これにちかいモチーフがみられる。

童謡「玻璃の山」は、バラード（物語詩）の形式をとっている。姫の亡骸は真紅な薔薇になり、王子の墓所には青い龍胆が咲く。その限りでは、哀しく、しみじみとしたイメージがある。

しかし、この童謡は有名な昔話「ガラスの山」のパロディーになっている。昔話では王子が姫を救うことに成

玻璃の山の滑《なめ》らかさ
馬の蹄《ひづめ》もいくすべり
落ちてのぼって十九年
王子の剣も錆びました
お姫さまは待ちつかれ
ついに果《はか》なくなりました
王子もいつか老《としと》って
麓《ふもと》の村で死にました

功するが、童謡では失敗してしまう。そんなバカバカしいパロディーを、八十は大まじめに華麗な文体で書きあげている。そこに、なんともユーモラスなおかしみが生まれるのだ。《世の中はこんなものだ》と、ちょっと斜〔はす〕に構えて自嘲する。そんな八十のつぶやきが聞こえるような気がする。

「龍胆」はリンドウ科の多年草。山野に自生し、古くから観賞用に栽培されてきた。秋に青または紫色の花を咲かせる。薔薇の花言葉は《愛》で、龍胆の花言葉は《悲しむあなたを愛する》である。

お城の姫の亡骸《なきがら》は
真紅《まっか》な薔薇になりました
王子を埋《う》めた麓には
青い龍胆《りんどう》が咲きました。

象

巨《おお》きな象が欲しいな
緋《ひ》の総《ふさ》さげて
黄金《きん》の鐙《あぶみ》つけて

頭のうえにお父さん
尾《しっぽ》のうえにお母さん
僕が間へ挟《はさ》まれば

初出は一九二三（大12）年二月号の「童話」である。『西條八十童謡全集』に収録。本居長世の曲がある。

「鐙」は鉄製または鉄板張りの馬具。鞍の両脇にさげて、人が足を踏みかける。ただし、象は大きすぎるので、人が乗るときに鐙は使えない。また、いくらお母さんの体重が軽くても、尾の上に乗ることはできない。現実の情景ではなく、あくまで子どもの想像の世界の情景である。「芥子」はケシの粒。微小なもののたとえである。

前のお父さんと後ろのお母さんの真ん中に僕が挟まれる。そんな家族のささやかな幸せの構図は、八十の童謡「活動写真」の世界に通じる。

山も湖《うみ》も豆のよう
市《まち》も村も芥子《けし》のよう

天気の日には歌うたい
雨のふる日は傘さして
ゆうらり　ゆうらり乗ってゆく

巨きな象が欲しいな。

ただ、「活動写真」では現実にありうべき風景が描かれている。その一方で、この童謡には奇想天外なファンタジー性がみられる。「ゆうらり ゆうらり」というオノマトペ（擬音語・擬態語）は平凡だが、ゆったりとしたおおらかなイメージが伝わって好ましい。
なお、北原白秋の童謡に「象の子」（「女性」一九二三年一月号）がある。この童謡では、「おっとりおっとり」「ゆっくらゆっくら」「ゆうらりゆうらり」というオノマトペで、象のイメージが描かれた。白秋の童謡が発表された直後に、八十のこの童謡が発表されているのは、単なる偶然ではあるまい。

鉛の兵隊

鉛の兵隊
すてられて
きょうで三日も
溝《どぶ》のはた

足は折れても
巣が恋し
むかし暮した
玩具函《おもちゃばこ》

初出は一九二三（大12）年三月号の「童話」である。『西條八十童謡全集』に収録。本居長世の曲がある。

この童謡からはアンデルセンの「鉛の兵隊」が連想される。いまでは「錫［すず］の兵隊」と訳されることが多く、片足のない鋳物の兵隊人形がさまざまな冒険をするというストーリーである。八十の童謡では「巣が恋し」と嘆くだけに終わっているところが、アンデルセンの童話とはちがう。

また、八十の童謡には捨てられた人形を題材にしたものをしばしば見かけるが、八十の『私の作詩帖から』に、ロバート・ルイス・スティーヴンスンの童謡（The dumb soldier）が翻訳紹介されている。「草がみじかく刈ら

喚《わめ》きゃ
大きな尨犬《むくいぬ》が
のそのそ寄って
嗅《か》いでゆく

鉛の兵隊
泣顔に
霙《みぞれ》がちらちら
降ってきた。

れたとき、／ぼくは独りで芝生を歩き／草の根に穴をみつけて／そこへ兵隊を埋めた。…（中略）…だが兵隊は一言も話してくれない／知ってることを一寸「ちょっと」も云うまい。／だからぼくはそれを棚の上へ載せといて／自分でお話を拵「こしら」えなきゃなるまい。」というもので、捨てられた人形は、こういうあたりからヒントを得たのではないだろうか。

——或る日短かく刈られた草の根に穴を掘ってそこに埋めた玩具「おもちゃ」の兵隊、…そのうえには、今や夏草が長く伸び繋って、在処「ありか」さえ分らなくなっている。少年は日毎その草原を眺めては何処「どこ」にか隠れている小さな兵隊の生活を偲ぶのである。

八十はスティーヴンスンの童謡についてこのようにまとめたあと、こうした得知「えし」れざる世界に向って抱

く児童の思慕好奇の心は、彼のすべての童謡の基調をなすものである、という意味の解説をおこなっている。八十の「鉛の兵隊」では、スティーヴンスンの童謡のイメージを、逆に人形の立場から裏がえしに見ているようにも思う。

「尨犬」はやわらかい毛の犬のことである。

村の英雄

村の大きな黒牛が
春の夕ぐれ死にました
永年住んだ牛小舎《うしごや》の
寝藁《ねわら》の上で死にました

女やものご主人に
いつも仕《つか》えた忠義もの
朝晩重い荷を曳《ひ》いて
くろはすなおな牛でした

初出は一九二三（大12）年四月号の「童話」である。『西條八十童謡全集』に収録。本居長世の曲がある。

八十の童謡には都会的でモダンなイメージのものが多いが、珍しく農村を舞台にしている。

これを技法上の特徴からみると、「です」「ます」調の響きを活かした散文詩風の作品である。一見すると散文詩風でありながら、実は七・五調であるところも面白い。

しかし、そういうことよりも、この童謡の背後にある物語のほうが、はるかに重要である。

——あたたかくやわらかな日差しがふりそそぐ春の夕方のこと。働きもので、律儀ものの牛のくろがひっそりと

お寺の鐘は鳴りません
けれども花は散ってます
村のやさしい英雄が
春の夕ぐれ死にました。

死んだ。

　こんな物語がのびやかに歌いあげられているからだ。牛のくろのイメージには、名もなく律儀に生きる庶民のイメージが重なっているような気もする。

　ここには煌〔きら〕びやかで人を驚かすようなイメージの冴えはない。しかし、都会からやってきた旅行者の視点ではなく、どっしりと大地に根をおろした生活者の視点から農村の生活が描かれている。そういうところが、なんとも好ましい。

さくら

いじめっ子の家《うち》の
桜がさいた
いじめっ子はこわし
桜は見たし
日ぐれに通れば
まっしろに咲いてる

初出は一九二三（大12）年四月号の「幼年の友」である。『西條八十童謡全集』に収録。童謡集への収録時に、タイトルを「いじめっこの家」からいまのように変えた。中山晋平の曲がある。

春がきて桜がさいた。桜は見たいけれど、いじめっ子はこわい、という子どもの気もちがたいへん面白く表現されている。

いじめっ子とはいうものの、現代の《いじめ》のように陰湿なものは感じられない。現にいじめっ子は自分の家で楽しそうに唱歌をうたっているではないか。

「いじめっ子はこわし／桜は見たし」とはあるものの、結局のところ、

いじめっ子は家で
唱歌をうたい
日ぐれの庭に
桜はちってる。

この子どもは桜を見ているのである。こわいもの見たさで、そっといじめっ子の家の様子をうかがっている。案外、どきどきしながら、したたかにスリルを楽しんでいるのかもしれない。

お留守の玩具屋《おもちゃや》

お留守の
お留守の
玩具屋さん
玻璃戸《がらすど》
締《しま》って
青柳《あおやなぎ》

初出は一九二三（大12）年五月号の「童話」である。『西條八十童謡全集』に収録。本居長世の曲がある。

「青柳」は《あおやぎ》とも読む。春の芽ぶきの頃、柳の葉が茂って青々とした状態をさす。

春の田舎はのんびりしていて、二度も玩具屋に来たが閉まっている。そんな牧歌的なイメージが描かれている。生き馬の目を抜くような商売の厳しさはここにはない。

しかし、これは都会の子どもの視点から、田舎の商家のイメージが強調されているだけである。田舎の子なら、店の開いている日を知っているだろうし、店主に頼んで店を開けてもらうこともできるからだ。

お馬も
人形も
さみしそう
妹《いもと》と
二度来て
またかえる
春の
田舎の
玩具屋さん。

八十の父は石鹸の製造と輸入販売で財をなしたが、父の死後にタチの良くない番頭と長兄・英治が手を組んだため、破産してしまった。そうした体験をもつ八十には、この童謡のような田舎の玩具屋が理想的にみえたのかもしれない。

肩たたき

母さん　お肩をたたきましょう
タントン　タントン、タントントントン

母さん　白髪《しらが》がありますね
タントン　タントン　タントントントン

お縁側には日がいっぱい
タントン　タントン　タントントントン

初出は一九二三（大12）年五月号の「幼年の友」である。『西條八十童謡全集』に収録。中山晋平の曲がある。

　この童謡について、八十には特別な想い出がある。発表の年の一〇月に、八十の次女・慧子［けいこ］が疫痢（幼児の急性伝染病）のため、わずか四歳で急逝した。八十夫妻はこれを嘆き悲しんだが、八十は『西條八十童謡全集』のあとがきで、亡きわが子とこの童謡とのかかわりについて、おおよそこのようなことを書いている。

　――亡児慧子はこの謡を殊のほか愛誦していた。そうしてつねに「母さんお肩をたたきましょう、タントン、タントン、タントントントン」と廻らぬ口で歌っていた。この謡を聞くと、私の前

真赤《まっか》な罌粟《けし》が笑ってる
タントン　タントン　タントントン
母さん　そんなにいい気もち
タントン　タントン　タントントン。

には彼女のひびの切れた赤い頬ぺたと、その眼とが浮ぶのである。

　ところで、八十の母・徳子は白髪染めの液が目に入って失明した、という俗説がある。八十が苦労をかけなければ白髪は生えなかったし、失明することもなかった。だから、「母さん　白髪がありますね」には、親孝行な八十の悲しい想いが込められているのだ、という。

　良くできた話だが、目に入ったぐらいで失明してしまうほどの白髪染めなら、肝心の髪の毛を痛めてしまうはずだ。だいいち、そんな危険な白髪染めが市販されているとは思えない。

　実は、徳子の失明の原因は緑内障であった。緑内障はさまざまな原因から眼圧が上昇する病気である。たしかに徳子はおしゃれに気を使う人だったが、白髪染めと失明には何の関係もない。

昼のお月さん

昼のお月さん
まっしろな鞠《まり》よ
紅《あか》い木靴《きぐつ》で
蹴って　蹴って
飛ばそ
飛んで　はずんで
山越え　野越え

初出は一九二三（大12）年七月号の「童話」である。『西條八十童謡全集』に収録。本居長世の曲がある。

昼間に月が白く見えることがある。そんな自然現象を「まっしろな鞠」に見立てている。「海を越えれば」のあとに「青空ふかい」と続けるところが特に面白い。こういうイメージの連鎖は、八十に特有のものだ。他の詩人の追随を許さない。

締めくくりの、昼の月だから「晩まで入らぬ」という論理は、子どもが面白がるだろう。八十は『西條八十童謡全集』のあとがきで、幼童のはろばろとした自在な空想を詠ったもの、という解説を書いている。

「木靴」は木を彫り削ってつくる

海を越えれば
青空ふかい

白いお月さん
晩まで入《い》らぬ
紅い木靴で
蹴って　蹴って
遊ぼ。

靴。日本古来の蹴鞠「けまり」でも木靴を用いるが、「紅い木靴」というものは用いない。やはり、オランダやフランスの農民などがはく木靴をイメージすべきだろう。

牧場《まきば》の娘

牧場の牛は
五十と三頭
牧場の柵《さく》は
四十と三本
牧場の百合は
けさ見て七つ

初出は一九二三（大12）年八月号の「童話」である。『西條八十童謡全集』に収録。本居長世のほか、山口保治の曲がある。

子どもの頃、乗り物の窓から動く電柱の数を数えたことがある。学校から家まで何歩で帰れるかを数えてみたこともある。子どもというものは、そういう遊びが大好きなものだ。

この童謡は、子どもが喜ぶ数遊びの唄である。牛の数が「五十と三頭」、柵の数が「四十と三本」、娘の黒子が「三つ」で、「三」という数字がそろっている。ちなみに、近代文学研究者の吉田精一によると、八十は「七」という数字が好きなのだそうだ。百合の数が「七つ」なのは、そういうところか

牧場の娘
たァったひとり
それでも顔に
黒子《ほくろ》が三つ。

らきているのだろう。

ただ、初出雑誌では柵の数が「四十と六本」になっている。これでは数がバラバラである。そこにナンセンスな面白さがあるのかもしれないが、「四十と三本」のほうが童謡として整っているように思う。

数遊びの童謡はマザー・グースにもあるので、そういうところから着想を得たのだろうか。

川辺の夕ぐれ

入《はい》ったり　出たり
夕潮《ゆうじお》みちて
川辺の杭は

入ったり　出たり
蘆《あし》の葉揺れて
沙地《すなじ》の蟹は

初出は一九二三（大12）年九月号の「童話」である。『西條八十童謡全集』に収録。本居長世の曲がある。

　この童謡では、「入ったり 出たり」するものは何だろうか、というところから各連でイメージを膨らませていく。各連に共通するのは、なつかしい日本の水辺の風景である。

「夕潮」は夕方に満ちてくる潮のこと。反対語は朝潮である。海辺に住んででもいない限り、古典文学のなかにしか存在しない死語になりつつある。「草家」は草葺きの家のこと。これもいまではあまり見ることができない。

「門」を《もん》と読むと、立派な塀に囲まれて門扉を備えた草葺きの旧家が思い浮かぶ。しかし、これを《か

入ったり　出たり
ひとりの旅に
雲間《くもま》の月は

入ったり　出たり
草家《くさや》の門《かど》に
子を待つ母は。

ど》と読むと、単に家の出入り口のことを意味する。自分の子どもが帰ってこないので、草葺きの家を「入ったり出たり」して心配する母親の姿からは、つつましくも幸せな庶民の暮らしがイメージできる。

のこり花火

浜の子供と
うち上げる
残り花火は
さみしいな

今年の夏も
これぎりよ
明日《あした》は汽車で
帰るのよ

初出は一九二三（大12）年一〇月号の「童話」である。『西條八十童謡全集』、『少年詩集』に収録。第四連の冒頭は、初出雑誌で「雨の霽れまに」とあったものを『西條八十童謡全集』で「雨の霽れまを」に変えた。本居長世の曲があり、長世ゆかりの静岡県沼津に碑もある。

関連する八十の童謡「夕顔」では避暑地から汽船で帰るが、この童謡では汽車で帰る。金田一春彦は『西條八十全集』の「月報」で、次のように書いている。

——東京へ帰るという夏休みの最後の日、あいにく雨もようで、ちょっとした晴間を見て、浜の子供たちとお別れの花火をあげてみたが、気持ちは引き立たない。その子供の寂しい心を心にくいほど歌い尽くしていた。

「残り花火」は避暑の滞在中に使い残した花火。「葭簾」は葦の茎をすだ

沙《すな》には黒い
海がらす
葭簾《よしず》の茶屋の
秋の風

雨の霽《は》れまを
うち上げる
残り花火は
さみしいな。

れのように編んだもの。ふつう《葦簀》または《葭簀》と書く。「茶屋」は避暑客が休憩する仮設の店。この童謡では七・五調のリズムが活きているが、なかでも「葭簾の茶屋の／秋の風」がうまい。海辺の夏が終わった寂しさが巧みに表現されている。

「海がらす」はウミスズメ科の海鳥で、オロロン鳥〔ちょう〕ともいう。北海道で繁殖するので、晩夏の関東以西にいるはずはない。八十は流行歌「旅の夜風」に「花も嵐も踏み越えて／行くが男の生きる途〔みち〕／泣いてくれるな　ほろほろ鳥〔どり〕よ／月の比叡〔ひえい〕を独り行く」と書いた。《花も嵐も踏み越えて》もわからないが、《ほろほろ鳥》も京都にいるはずがない。八十はどんな鳥かを知らないままこの唄を創ったが、《海がらす》もこの類か。または、単に海辺にいるカラスのことか。

蝸牛《かたつむり》の唄

のォろり、のォろり蝸牛
日がな一日のォぼって
槲《かし》の木で何見た

一本目の枝で
見えたは牛の子　隣の牛の子
母さんに抱かれて藁《わら》の上

初出は一九二三（大12）年一〇月二一日号の「週刊朝日」である。『西條八十童謡全集』に収録。

冒頭の第一連で「のォろり、のォろり」「のォぼって」と、韻を踏みながらたたみかけるところが効果的である。「蝸牛」から「牛の子」を連想するところにも、「牛」という文字からまったく別の物を連想していく遊び心がある。最後の第五連では、「つい日が暮れた」と意外な方向に展開し、「金貨のようなお月さま／葉っぱのかげから今晩は。」と煌［きら］びやかなイメージの叙景で締めくくる。いかにも八十流である。

そればかりでなく、何かはぐらかされたような、バカバカしい気もちにな

二本目の枝で
見えたは娘　むかいの娘
窓で手套《てぶくろ》編んでいた

三本目の枝で
見えたは海よ　白帆《しらほ》のかげが
あっちにもこっちにも

四本目の枝で
つい日が暮れた
金貨のようなお月さま
葉っぱのかげから今晩は。

る。そんな締めくくり方が、たいへんユーモラスで好ましい。

古い港

古い港
お昼の港
ぼくらはボートを着けました

淋しい港
曇った港
紫葳《のうぜんかずら》が咲いていていた

初出は一九二三（大12）年一一月号の「童話」である。『西條八十童謡全集』、『少年詩集』に収録。

八十は『西條八十童謡全集』のあとがきで、この童謡について次のように解説している。

――これには疲弊した成人の世界を厭［いと］う幼き者の潑剌［はつらつ］とした心を描いた。

「紫葳」は当て字で、ふつうは《凌霄花》と書く。ノウゼンカズラ科のツル性植物で中国原産。日本へは平安時代に渡来したといわれる。夏の季語。ピンクや赤など鮮やかな花を咲かせ、この童謡のように夏の昼の幻想を彩るにふさわしい花である。

かつては栄えたであろう古い港町

町中廻《まちじゅうまわ》って見ましたが
どこの家《うち》でも眠《ね》てるので
ぼくらは寂しく去りました

古い港
眠ている港
紫葳よさようなら。

の、人も物もすべてが眠っているなかで、この花だけがひときわ鮮やかさが際だっている。そんなノウゼンカズラの花への共感を通じて、子どもたちの溌剌とした精神が描かれる。

　ところで、ノウゼンカズラは八十の童謡「廻り燈籠〔どうろう〕」（『西條八十童謡全集』収録）にも登場する。ここでも、夏の昼とひるねの組みあわせが、ノウゼンカズラのあかい花のイメージと対照的になっている。

仲店《なかみせ》

仲店焼けた、
仲店焼けた、
好きな玩具《おもちゃ》がみンな焼けた。

お手々曳《ひ》かれて
浅草の観音さまへ
お詣《まい》りすれば、
銀杏《いちょう》はらはら
秋日和、

初出は一九二三（大12）年一一月号の「童話」である。

「浅草の観音さま」は東京の浅草寺のこと。「仲店」はふつう《仲見世》と書く。浅草周辺は、江戸時代から浅草寺の境内に栄えた門前町。一八八四（明17）年からはじまった区画整理で、一区から七区に区分された。六区が興行街で、二区が仲見世である。翌年には、雷門から浅草寺にいたる参道沿いに煉瓦造り二階建ての仲見世が完成。隣接して勧工場［かんこうば］（一種のテナント形式の商業施設）も建てられて、親につれられ浅草へ遊びにきた子どもたちは、ここでおねだりするのを一番の楽しみにするようになった。先祖代々の江戸っ子であった八十にとっては、古き良き時代の象徴的存在であった。八十の流行歌「東京恋しや」（中山晋平・作曲 一九三二）の一節に「花の浅草、観音さまの／屋根に

お屋根の鳩が
首かしげ
顔を見い見い
うたうよう、

坊ちゃん、嬢《じょっ》ちゃん、
がっかりだ、
好きな玩具がみンな焼けた。

出る月、おぼろ月」がある。

　ところが、一九二三（大12）年九月の関東大震災で、仲見世や浅草寺の念仏堂などが焼失。そんな情景を、「鳩ぽっぽ」（東くめ・作詞／滝廉太郎・作曲）のヒントになった名物の鳩が、屋根から首をかしげて見ている。玩具をおねだりできなくなった坊ちゃん、嬢ちゃんも、がっかりしている。そうした想いが「仲店焼けた」の繰りかえしに込められている。さほど優れた童謡ともいえないが、震災の被害をいまに伝える歴史的な資料性は高い。

　ところで、焼失した仲見世は、翌年にコンクリート造りで再建された。第二次大戦中に空襲で内部は焼けたが、修復されて現在にいたっている。雷門は江戸末期に焼失したままであった。それを戦後に再建したものだから、明治以来の二度の災厄とは関係がない。

昼の出来事

犬《わんわん》があわてて
かけてきた
猫《にゃあにゃ》がいそいで
にげてきた
目白も歌を
やめました

しずかな昼の
出来ごとは

初出は一九二四（大13）年一月号の「子供之友」である。『西條八十童謡全集』に収録。

むかしは《自動車》より《自働車》と書くほうが一般的であった。日本で初めて本格的な自動車が走ったのは、一八九八（明31）年のことであったといわれる。一九一七（大6）年には、国産の自動車の量産が開始された。

日本で本格的に自動車が普及するのは、一九二三（大12）年の関東大震災以降のことである。当時の東京市の調査によると、震災の年に三三六〇台にすぎなかった市内の自動車が、一九二六（大15）年には六〇二八台にまで増加している。震災復興のために米国産トラックが大量に輸入され、食料や建設資材を満載したトラックが被災地を走りまわった、という。

少しあとのことだが、八十は流行歌「当世銀座節」（中山晋平・作曲

喧嘩でしょうか
火事でしょか
いえいえ　おもてを
自働車が
大きくほえて
ゆきました。

一九二八）を書いていて、「ナッシュにシボレー、パッカード／フォードは仲間の面「つら」汚し…」と、外車の名前をずらりと並べた。これは震災後急速に増加したタクシーのことを歌い込んだもの。《フォード》は少し安ものというイメージがあったので《面汚し》というわけである。一九二六（大15）年には、大阪名物の《円タク》と呼ばれる均一料金のタクシーが東京にも登場。東京市内であれば一円という手ごろな料金であったため、自働車は着実に庶民の足になっていった。

　静かな町に大音響をたてて自働車が走ると、犬や猫が大騒ぎして、目白も啼くことをやめてしまう。そういう牧歌的な情景のなかに、自働車が急速に増えた震災後の状況の変化がある。

島の一日

背負《しょ》った　背負った　よ
海賊どもが
沖で盗んだ大きな嚢《ふくろ》

重い　重い　よ
転《ころ》げずのぼれ
人の知らない椰子《やし》の木島《きじま》へ

初出は一九二四（大13）年一月号の「童話」である。『西條八十童謡全集』、『少年詩集』に収録。

ナンセンスなタッチのバラードである。海賊どもが酒盛をしていると鰐に襲われるというストーリーが面白い。「無人島の／椰子の葉かげに今夜も月が。」という叙景の結びも、いかにも八十らしい。最後に誰もいなくなったというストーリーは、八十の童謡「九人の黒んぼ」にも通じる。月は孤独のシンボルでもあり、無人島のイメージにふさわしい。

八十はイギリスのロバート・ルイス・スティーヴンスンの童謡に傾倒した。日本語への翻訳もある。「島の一日」で、それぞれの連の書きだしの行

明《あ》けた　明けた　よ
金貨の山に
岩も砂地も夕日の色よ

飲めや　歌え　や
大酒盛《おおざかもり》で
髭《ひげ》の男がそろって踊る

覚めた　覚めた　よ
磯山《いそやま》かげの
鰐《わに》のおやじの午睡《ひるね》の夢が

末に「よ」と「や」が配されているのは、外国語の童謡にある脚韻の技法を日本語の童謡にも取り入れようとする試みかもしれない。

　また、スティーヴンスンといえば、少年小説『宝島』のことが連想される。八十の童謡にある南海の孤島に海賊が宝を隠すストーリーは、『宝島』あたりからヒントを得たものではないか、という気がする。

そこで　出した　よ
大酒盛の
なかへぬっくと巨《おお》きな頭

逃げた　逃げた　よ
度胆《どぎも》をぬかれ
人も嚢もざんぶり海よ

のぼる　のぼる　よ
無人島《ひとなしじま》の
椰子の葉かげに今夜も月が。

手紙かき

さらさら粉雪《こゆき》のふる晩に
みんなで揃って手紙かき
母さん出すのはお祖母《ばあ》さん
田舎で達者《たっしゃ》なお祖母さん
兄さん出すのはお友だち
「あさって歌留多《かるた》をとりましょう」

初出は一九二四（大13）年一月六日号の「サンデー毎日」である。『西條八十童謡全集』、『少年詩集』に収録。

粉雪がふる年も押し詰まった寒い日に、みんなで揃って想いおもいに手紙を書いている。この童謡では、そんな温かい家庭のひとときの情景が描かれている。

この場合の手紙は、もちろん年賀状である。年賀郵便の制度が全国的にはじまるのは一九〇六（明39）年のことであった。年賀特別郵便規則の制定によって、年末にだした郵便物を元旦に配達する制度がスタートしている。ただし、年賀郵便特別切手が発行されるのは一九三五（昭10）年からのこと。お年玉つき年賀はがきの発行にいたっ

わたしの出すのは先生よ
「めでたく申納《もうしおさ》め候《そろ》」
お室《へや》の中も温《あった》かい
みんなの心も温かい

さらさら粉雪のふる晩に
炬燵《こたつ》のうえで手紙かき。

ては、戦後の一九四九（昭24）年からのことである。

「歌留多」は百人一首のこと。「めでたく申納め候」は年賀状の決まり文句である。本来はこれを「目出度申納候」と漢字で書く。少し背伸びをしておとなのまねをしてみたものの、《めでたく》をひらがなにしたり、《納》におくりがなをつけたりしたところが、いかにも子どもらしい。

この頃の八十には、奔放な幻想やファンタジーを描くことから離れて、子どもの生活や感情をリアルに描く童謡が多くなってきた。これも、そうしたもののひとつである。

なお、「お室の中も温かい／みんなの心も温かい」は、直截的すぎて平板な表現である。すこし面白味に欠けているところが惜しい。

ある夜《よ》

おもちゃの汽車はいくたびも
畳の上を行《ゆ》きもどり。

ほんとに今夜はいやな晩
戸外《おもて》はどんより雪催《もよ》い。

機嫌のわるいお父様
涙ぐんでるお母様。

初出は一九二四（大13）年三月号の「童話」である。弘田龍太郎の曲がある。

夫婦は他人だが、子どもからみれば血のつながった父と母である。この童謡に描かれた場面は、おとなの立場からすると、たかが犬も喰わない夫婦げんかだ。だが、子どもの立場からすると、父と母の間の板挟みである。「お話しかけちゃ悪かろし／黙っていれば淋しいし。」と、夫婦げんかに気をつかう子どもの気もちがリアルに描かれている。大正の童心主義の時代に、こういう子どもの気もちをモチーフにした童謡は、おそらくほかに例がない。

「雪催い」は雪模様の天気。空が曇って底冷えし、いまにも雪が降りそ

お話しかけちゃ悪かろし
黙っていれば淋《さみ》しいし。
わたしの汽車は先刻《さっき》から
お室《へや》の隅《すみ》を行きもどり。

うな様子である。初出雑誌では《くももよい》と、ルビに誤植があった。また、本書の童謡の本文では第四連の末尾に句点「。」を補記した。

「おもちゃの汽車」は初出誌の挿画では木製の汽車だが、八十の意図ではブリキの汽車かもしれない。一九二一（大10）年ごろには電池を動力にした汽車もあったが、まだ一般的ではない。ゼンマイを動力にした玩具であろう。おもちゃの汽車がむなしく「行きもどり」する様子に、子どものやるせない気もちが重ねあわされている。

ヘイタイ サン

ツミクサ　シテタラ、
ヘイタイ　サン　ガ　トオッタ。
オンマ　ニ　マタガリ、
カッパ　カッパ　トオッタ。
ヘイタイ　サン　アゲヨ　ト、
レンゲ　ノ　ハナ　ヲ、
ワタソウ　ト　シタ　ノニ、
ダマッテ　トオッタ。

初出は一九二四（大13）年五月号の「子供之友」である。童謡の本文は「小学生全集」叢書の『日本童謡集』（西條八十・編　一九二七　文藝春秋社）によった。

「ツミクサ」は《摘草》と書く。春の野原にでて、若菜や草花を摘むこと。春の季語である。摘草遊びをしていると、兵隊さんが通ったのでレンゲの花を渡そうとした。しかし、相手が悪かった。兵隊さんは演習か何かで移動中であろう。また、馬に乗っているのだから騎兵である。騎兵は平時でも何より迅速な行動が求められていた。ほぼ、同じモチーフの童謡に「兵隊サントスミレ」（「幼年倶楽部」一九三四年四月号）がある。

しかし、この童謡が創られた頃は軍縮・平和の時代であった。陸軍では一九二二（大11）年に六万人にちかい将兵を削減し、さらに一九二五（大

ヘイタイ　サン　ソンナニ、
イソガシイン　デショウ　カ。
キレイナ　オハナ　ヲ、
ミモ　セズ　トオッタ。

14）年に三万四千人にちかい将兵を削減している。軍人の社会的権威もおおいに低下した。たとえば、騎兵将校の軍靴には拍車がついている。あるとき、電車のなかで拍車が邪魔になると乗客から苦情をいわれ、将校は謝罪までさせられた。そんなエピソードが伝えられているほどだ。八十に反軍思想があるわけではないが、この童謡の背景にはそういう時代の雰囲気があった。

　ところで、八十の童謡に「垣根のそと」（「少女倶楽部」一九二六年五月号）があって、自分の庭の山茶花をそっと折りとったお嬢さんの無粋な行為をとがめている。「垣根のそと」や「ヘイタイ　サン」には、芸術や美の世界を理解しない人たちへの皮肉の気もちが込められている。

靴の家《いえ》

靴のお家《うち》に住みたいな
踵《かがと》のとこがお茶の間で
せまい爪《つま》さき　子供部屋
お窓は十《とお》もあるゆえに
花も散りこむ　月も射《さ》す

初出は一九二四（大13）年五月号の「童話」である。弘田龍太郎のほか、山本雅之の曲がある。

奔放なファンタジーである。「お窓は十もある」とか「紐を締めれば戸が閉る」とか、一種の謎なぞになっている。いっそ、「靴のお家に住みたいな」「靴のお家は住みよかろ」と答えを書かないほうが良かったかもしれない。

「見えない足に穿かれては」がややわかりにくいかもしれないが、八十の童謡「あしのうら」に登場する《白い蹠》のように、大いなる神の象徴と考えればどうだろう。

ずっとのちの童謡に「くつのおうち」（「キンダーブック」一九五〇年九

夜眠《ね》るときの用心は
紐を締めれば戸が閉《しま》る
見えない足に穿《は》かれては
世界を遠く見て歩く
靴のお家は住みよかろ

月号）がある。これは八十が自ら「靴の家」を大幅に書き直したもので、「くろい　くつだの／あかい　くつ／くつの　おうちに／すみたいな…」という童謡である。しかし、この書き直しは成功していない。なにより大切な言葉の緊張感が、すっかり失われてしまっている。

　なお、マザーグースに「靴に住んでるお婆さん（The Old Woman Who Lived in a Shoe）」という唄がある。靴に住んでるお婆さんは子だくさん。子どもにろくな食べ物もやらず、鞭で叩いて寝かしつけた、という内容である。

薬とり

鳥は鳥ゆえ
おとなしく
林の奥の巣にねむり
月は月ゆえ
さびしくも
はるぐ〵空をひとり旅

初出は不詳。『西条八十著作目録・年譜』によると、一九二四（大13）年五月の作である。『西條八十童謡全集』、『少年詩集』に収録。長谷山峻彦の曲がある。

「薬とり」はかかりつけの医院に薬を取りにいくこと。子どもは「遠い夜道を薬とり。」と、自分の仕事について愚痴をいっているようだが、実はそうではない。

「鳥は鳥ゆえ」「月は月ゆえ」「僕は兄ゆえ」と、各連の頭に《ゆえ》の音を重ねながら《当たりまえ》のことを列挙していく。だから、親から当たりまえのように仕事をまかされている年長者として、少し誇らしく思っているのだ。

僕は兄ゆえ
たのまれて
遠い夜道を薬とり。

短い童謡のなかに、子どもの気もちを巧みに描いた秀作である。

ねえや

今日来たねえやは　いいねえや
色が白くて　背がたかく
まあお可愛《かわい》い　と云いながら
わたしを抱いてくれました。

今日来たねえやは　いいねえや
雨がふるのにおんぶして
白粉《おしろい》つけて　傘さして
町へ使いに行《ゆ》きました

初出は不詳。『西条八十著作目録・年譜』によると、一九二四（大13）年五月の作である。『西條八十童謡全集』に収録。松平信博の曲がある。
「ねえや」は子守りや女中（いまの家政婦）として雇われた若い女性のこと。親しみの意味を込めて、そう呼ばれた。ほとんどが地方の出身者で、結婚するまでの間、住み込みで働くケースが多かった。関東大震災（一九二三）の頃、西條家には子守りと女中を兼ねた琴というねえやさんが雇われていたという。「赤とんぼ」（三木露風・作詞／山田耕筰・作曲）にも「十五で、姐《ねえ》やは、／嫁にゆき…」と歌われるが、いまの人は露風の《お姉さんが嫁にいった》と誤解しがちである。

今日来たねえやは　いいねえや
町のはずれで袂《たもと》から
手紙を出して泣きながら
そっとポストへ入れました
たぶん田舎の母さんに
無事で奉公しました　と
書いて知らせた手紙でしょう。

すっかり死語になってしまったようだ。

　しかし、この頃に童謡雑誌や童謡集を買ってもらうような階層の子どもたちにとって、ねえやさんはもっとも身近な存在であった。

　地方から出てきたばかりのねえやさんが、明るく元気にふるまいながら、田舎の母さんに当てた手紙を出して、そっと涙を流している。そんなねえやさんの悲しみを、「今日来たねえやはいいねえや」と思う子どもの無邪気な視点と対比させることによって、童謡の情感を高めることに成功している。

巨《おお》きな百合

「湖水のふちへ行《ゆ》かなけりゃ
巨きな百合は採《と》れません」
麓《ふもと》の木樵《きこり》が言いました

「お山のてっぺんへ行かなけりゃ
巨きな百合は折れません」
湖水の船頭《せんどう》が言いました

初出は不詳。『西条八十著作目録・年譜』によると、一九二四（大13）年五月の作であるというが、この間の事情は不明である。同年六月号の「童話」に掲載されたとき、タイトルを「遠い百合」に変えた。さらに『西條八十童謡全集』への収録時に、もとのタイトルに変えた。弘田龍太郎の曲がある。

「百合」の花言葉は純潔。ヨーロッパでは聖母マリアの純潔の象徴とされている。「懸巣」はカラス科の野鳥。大声で「ジェーイ」と啼くほか、他の種類の鳥や獣類の声・機械音などをまねて啼くことがあり、人を驚かせる。ハトほどの大きさで、羽先の一部が鮮やかなブルー。好奇心旺盛な鳥で、い

そこでてっぺんへ行《い》ったれば
懸巣《かけす》の鳥が言いました
「青い空まで行かなけりゃ
巨きな百合はありません。」

たずら者のイメージがある。

八十は『西條八十童謡全集』のあとがきで、不断に遠いわれらの理想を象徴した、と書いている。詩人として、理想の象徴である百合の花をどこまでも追い求めていこうという決意が、この童謡の背景にあるように思う。

なお、この童謡が発表された年の四月に、八十は留学のためパリへ旅立っていた。

絵をかくおじさん

いつも絵をかく
おじさんは
今日にかぎって
なぜ来ない。

あの絵はとっくに
すんだのか。
それともお風邪を
ひいたのか。

初出は一九二五（大14）年七月号の「童話」である。目次には「絵かきのおじさん」とある。『少年詩集』に収録。弘田龍太郎の曲がある。

いつも絵をかきに来るおじさんが、どうしたわけか今日にかぎってやって来ない。別に何といって用事があるわけではないが、なぜか気になってしかたがない。いかにも子どもらしい、そんな疑問や好奇心を描いている。

「あの絵はとっくに／すんだのか。／それともお風邪を／ひいたのか。」は八十の童謡「夕顔」の「あれほど固い約束を／忘れたものか　死んだのか」の発想と似ている。だが、「夕顔」ほどのインパクトはない。

なお、初出雑誌では、末尾に「巴里

昼の畠の
茄子《なす》の花
雀もかわらず
飛んでるに。

画筆《えふで》をあらった
おとついの
小川もさら〳〵
鳴ってるに。

にて」と添書があるので、パリ留学中に書かれた童謡だということがわかる。だから、この童謡ではパリ郊外の風景が背景になっているはずだ。しかし、どういうわけか初出雑誌の挿画では、着物を着て草履をはいた子どもと、洋服を着てキャンバスをもった絵かきのおじさんが描かれている。

水もぐり

シンガポールの水もぐり
銀貨抛《な》げればちょいと潜《もぐ》る。
夕日の船の甲板《でっき》には
若い娘のすすり泣き。
ふるさと恋し、人恋し
写真眺めてすゝり泣き。

初出は一九二五（大14）年八月号の「童話」である。残された自筆原稿では「ふるさと恋し、人恋し」が「日の暮れがたは想い出す」になっている。本居長世の曲がある。

　この頃のシンガポールでは、港に船が入ると、現地人が小舟をこぎ寄せて、乗客に海へ銀貨を抛げ入れるように求め、名物になっていた。八十より少しまえにヨーロッパを視察した海軍将校の水野広徳は、旅行記『波のうねり』（一九二一　金尾文淵堂）の一節で、このように書いている。

　――船入港するや、まだ錨も入れざるに、裸体の土人、小さき丸木舟を漕いで、何処よりともなく、船周に群がり来［きた］る。子供もあり、大供［おおども］もあり。多き時は二三十艘を算［かぞ］ふ。

　《土人》は乗客が抛げた銀貨を海中に飛び込んで拾う。銀貨は水もぐりの

シンガポールの水もぐり
娘見あげてちょいと潜る
その札《さつ》抛げろとちょいと潜る。

芸に対する心づけになる仕組みであった。だが、紙幣を海に抛げ入れては、水もぐりの芸にならないので、「その札抛げろとちょいと潜る。」はちょっとした冗談だ。そんな軽いおかしみのある表現で童謡を締めくくるところがうまい。

　なお、今日からすると水野のいう「土人」は適当な表現ではないが、歴史的表現なのでそのままにした。

　八十はこの童謡を創った前年の四月に神戸から賀茂丸に乗船したが、この船中でパリに留学する若い女流画家の山岸（のち森田）元子と知りあっている。シンガポールでは山岸の親戚の人からふたつの籐椅子をプレゼントされたので、それをデッキに置いたという。「夕日の船の甲板には／若い娘のすすり泣き。」というホームシックにかかった若い娘のイメージに、山岸の姿を重ねられるような気がする。

春の月

大きな、大きな、春の月、
村中《むらじゅう》照らした春の月。

小籔の雀もねむられず、
お濠《ほり》の目高は藻にかくれ、
厩《うまや》の仔馬も耳たてた。

村中のこらず出て拝《おが》め、
大きな、大きな、春の月、

初出は一九二六（大15）年四月号の「童話」である。

この童謡は、フランス留学からの帰国後、初めて発表した五篇のうちのひとつである。初出雑誌の「西條八十先生歓迎童謡号」に、「丘のもぐらに（童謡五篇）」の総題のもとで掲載された。この号の「童話」誌には、八十のこんな「あいさつ」も掲載されている。

――渡鳥のように自由な欧洲山河の旅は、私を身心ともにいよ〱健康にしてくれました。これからは又大「おおい」にこの誌上ではたらいて、今までの懶惰「らんだ」の埋合せをするつもりでいます。

それにしても、この童謡はなんとも

雨の霽《は》れまの春の月。

フランス帰りの詩人らしからぬ風景を描いたものである。だが、逆に長く外国に滞在したからこそ、日本の田園風景とそこに暮らす日本人の暮らしぶりに、あらためて感動したのかもしれない。

「目高」は小魚のメダカの当て字。「霽れま」は晴れ間のことである。

山鳩の歌

「山鳩、山鳩、ほう、ほう、ほう、
日がな終日《いちにち》なんで啼く。」

「聴いておくれよ、木樵《きこり》どの、
きのうお山で青銅《からかね》の
古い棺《ひつぎ》が掘りだされ、
見たは鎧《よろい》に黄金《きん》の太刀。
鎧が秘《ひ》めた古手紙、
人にゃ読めねど私には

初出は一九二六（大15）年四月号の「童話」である。

　この童謡も、「西條八十先生歓迎童謡号」に掲載された。山鳩が語る形式のバラードで、日本の伝統的な埋蔵物伝説のイメージにのっとっている。

　「山鳩」はハト科の野鳥。キジバトともいう。近年は飼い鳩が野生化したドバトに混じることもあるが、本来は山地に住む狩猟鳥である。日本の伝承わらべ唄では「父［てて］っ　ぽっぽ／母［かか］っ　ぽっぽ」などと啼き声が表現される。

　また、「むかし恋しや、／ほう、ほう、ほう。」という表現からは、森鷗外「山椒太夫」の「安寿恋しや、ほうやれほ。／厨子王恋しや、ほうやれほ。／

文《ふみ》のこころが知れるゆえ
その悲しさに今日も泣く。
むかし恋しや、
　　ほう、ほう、ほう。
むかし返らぬ、
　　ほう、ほう、ほう。」

…」という唄が連想できるかもしれない。鷗外の物語のもとになった説経節の「さんせう太夫」などにも同様の唄がある。

橋のたもと

魚籃《びく》を手にさげ
麦藁《むぎわら》帽子、
かぶった男が
畦《あぜ》みち行った。

橋の袂《たもと》の
柳のかげで、
太い釣竿
ぴじゃりと折って、

初出は一九二六（大15）年五月号の「童話」である。

「魚籃」は《魚籠》とも書く。魚釣りなどのおりに、とった魚を入れておくカゴのこと。いまではあまり見かけないが、竹で編んだ魚籃をイメージすべきだろう。「畦みち」は田と田の間を通る細い道。「橋の袂」は橋のかたわら、ほとりのこと。

麦藁帽子の不機嫌な男は細い畦みちを歩いて行く。

こんな場面はよくあることだ。自分に何の落ち度もないのに、たまたま機嫌の悪い人から思わぬ圧迫を受ける。子どもは弱者であるから、大人の機嫌ひとつで良い思いをしたり、悪い思いをしたりすることが多く、そんな子ど

今日は釣れぬと
地団太《じだんだ》踏んだ。

なんの咎《とが》無い
わたしの顔を、
しんに憎そに
にらんで行った。

ものの気もちがリアルに反映されている。さらに、これを人生の一場面を象徴する童謡と考えれば、その意味は限りなく深い。

　ただ、この童謡では、ポエジーより理知が先にたってしまっている。

母さんの名

母さん、
母さんのお名前は
昔どなたがつけました。

母さんの名前をつけたのは
わたしのやさしいお祖父《じい》さん
あなたのためには曾祖父《ひいじい》さん。

初出は一九二六（大15）年五月号の「幼年倶楽部」である。「小学生全集」叢書の『日本童謡集』では「かあさんのなまえ」に改題された。童謡の本文は『西條八十全集』（底本は八十の自筆原稿）によった。

幼児にとって母さんは絶対的な存在だが、成長するにしたがって母さんから自立しはじめる。母さんにも「うめ」という名前があって、ほんとうは「梅子」というのだとか、母さんにも父さん、つまりお祖父さんがいるとか、そういうことに気がつきはじめるのだ。

ちなみに、当時は戸籍名と通称がちがうことはよくあった。現に八十の母の戸籍名は《トク》で通称は《徳子》である。八十が敬愛した姉の戸籍名は《カネ》で通称は《兼子》であった。

ところで、ある童謡曲集で西條八十の名前をカタカナで「ハナ」と誤植し

母さん、
母さんのお名前は
どうして「うめ」とつけました。
母さんの生れたその朝は
お庭の梅が花ざかり、
それで「梅子」とつけました。

た。八十がその話を詩人仲間の日夏耿之介「ひなつこうのすけ」にすると、僕の田舎の学生で君の名をヤジュウと呼んでいた子があったぜ、といわれた。するとそこに居あわせた八十の師・吉江孤雁が、ハナ（花）とヤジュウ（野獣）は人間の両面をいったようなもんだね、と応じたことがあるという。

　それはともかく、この《八十》というちょっと珍しい名は、八十の祖母からもらったものだそうだ。八十の父はもともと西條家の番頭で、商才を見込まれて養子に入った。養子に入ると同時に、他家から妻を迎えている。いわゆる夫婦養子であった。西條家の当主は《重兵衛》を名のる習慣がある。八十の祖父も重兵衛を名のったが、やはり養子であった。その妻は家つきの娘である。そこで、八十の父・重兵衛は、先代・重兵衛の夫人の名を自分の息子につけた、というわけである。

花の種子《たね》

古い外套《まんと》のかくしから
ころげて落ちた花の種子
去年貰ってそれなりに
蒔《ま》くを忘れた花の種子
かくしの隅《すみ》で一年を
どんな夢見ていたのやら。

初出は一九二六（大15）年六月号の「童話」である。草川信の曲がある。
「かくし」はポケットのこと。「外套」はフランス由来の衣類。本来はゆったりした外衣のことだが、日本では袖なしではおる外衣のこと。幕末に軍隊用として導入された。大正から昭和初期にかけては、旧制高校や旧制中学の学生などが防寒衣や雨具として用いている。合羽「かっぱ」とも呼ばれた。

去年貰った花の種子を蒔き忘れた。そんな種子を可哀想に思う。表面的にはそれだけである。

だが、蒔き忘れた花の種子に寄せる、この過剰なまでの同情心は何だろう。そう考えると、どうしても「蒔く

忘れず蒔けば、今頃は
綺麗《きれい》に咲いていたものを。

かわいそうにと掌《てのひら》に
のせて撫《な》でれば、黒々と
静かに眠《ね》てる花の種子。

を忘れた花の種子」と「唄を忘れた金絲雀」のイメージが重なってくるのである。

つまり、この童謡はもうひとつの「かなりや」にほかならないのではないか。どうにも、そんな気がしてならない。

巴里《ぱり》にいたとき

巴里にいたときわたしには
可愛《かわ》いい子供がありました。
栗色の髪と、青い大きな眼をした
きりょうよしの女の子でした。
わたしはそれを毎晩ベッドで
やさしく歌ってねかしつけました。

初出は一九二六（大15）年六月号の「少女倶楽部」である。

パリにいたとき、女の子の人形を自分の子どものように可愛いがった。そしてその人形をパリへ残してきた。この童謡では、そんな人形をめぐる物語が散文詩風に描かれている。

「パッシイ」はパリのパッシイ地区のこと。セーヌ川の北岸に位置し、いまのパリ16区に当たる。八十はいったんソルボンヌ大学ちかくのホテルに落ちつき、さらにポルト・ド・ベルサイユにある七階建てアパルトマンの五階に住んだ。

八十の流行歌に「巴里の屋根の下」（モレッティ・原詩／橋本国彦・作

その子にはいろいろな名がありました、
月のいい夜《よ》には「月子」と呼びました、
雪のふる朝には「雪子」と呼びました、
遠い日本《にほん》が想われる日には
「国子」と悲しく呼んでもみました。

その子はいつも泣かずにおとなしく
わたしの心を慰めてくれました。
日本へ帰ってからも、わたしは
たえずその子のことを想いだします。
柳のかげのパッシイの宿《やど》に
あの子は今どんなに暮しているでしょう、

曲）がある。これは翻訳ということになっているが、実は八十の手もとに原詩が届くまえに日本語の歌詞ができあがっていた。同題のフランス映画の主題歌で、「巴里の屋根の下に住みて、楽しかりしむかし／燃ゆる瞳、愛の言葉、やさしかりし君よ…」という歌詞に八十自身の強い想い入れがあった。渡仏の際に船中で女流画家の山岸元子と知りあい、パリのアパルトマンで愛の巣を営んだからである。

——わたしは詩人、彼女は画家、みじかいパリの滞在の間、運命がふたりを結びつけた。

——ほそぼそと小煖炉「サラマンドル」の火が燃えるふたりの勉強室で、パレットを手にした彼女のやさしい言葉がどんなにかわたしの異国の旅情を慰めてくれたことであろう！　彼女が馴れぬ手つきで、貧しい経済でつくってくれた萵苣「ちさ」のサラダや炙雛

昔どおりの薔薇いろの頰《ほほ》をしているでしょうか、
パパを慕って泣いてはいないでしょうか。
けれどその子が
いつも丈夫で、死なずに居ることだけは確かです、
だってそれは布《きれ》で出来たお人形ですもの、
わたしが宿《ホテル》の末の娘に
かたみに残して来たお人形ですもの。

鶏「ブーレ・ロチ」はどんなに旨［おい］しかったろう！
　八十の『唄の自叙伝』には、ふたりの関係がこのように書かれている。この童謡には、こうした背景が織り込まれていたのかもしれない。

ゴンドラ

ベニスの町のゴンドラは
古い運河《かなる》をぐる〱と。
ひとつ廻《まわ》れば河骨《こうほね》の
花が泛《う》いてる石の段、
かけて少女《むすめ》が針仕事。
ふたつ廻ればサン・マルコ、
お堂の屋根の白い鳩、

　初出は一九二六（大15）年七月号の「童話」である。草川信のほか、山田耕筰の曲がある。

　これは日本の伝統的な数え唄の形式にのっとった童謡であるが、内容からいうと子どもたちのロマンティックな夢をかきたてる童謡である。この時代は気楽な観光旅行など許されない。だから、実際にベニスを訪れることなど、夢のまた夢であった。

　「ゴンドラ」はイタリアのベニスで交通や遊覧に用いる細長い舟。手こぎの舟で、船首と船尾がそりあがっている。「河骨」は水上に葉をだすスイレン科の水生植物。白い根が白骨のように見えることから、このような名がついた。夏に長い花柄を水上にだして、黄色い花を咲かせる。「サン・マルコ」はサンマルコ広場のこと。ベニスの中心部にあり、観光地として有名である。「嘆きの橋」は水路を隔てた

麺麭《ぱん》の屑《かけ》やるお婆さん。
三つ廻れば、日が暮れて、
昔悲しいものがたり、
「嘆きの橋」に月が出た。

ドゥカーレ宮殿と牢宮をつなぐ橋で、ベニスの名所のひとつ。宮殿で裁判がおこなわれ、有罪になった罪人が牢獄に入れられる際に嘆き悲しんだことから、そう呼ばれるようになったという。

八十はフランス留学中にヨーロッパ各地を小旅行した。この童謡は山岸元子とベニスを訪れたおりの想い出をもとに創ったものである。八十の詩「紫の罌粟〔けし〕」（『美しき喪失』一九二九 神谷書店）にも「ヴェニスの冬の夜、／わたしのゴンドラを、手鉤〔てかぎ〕で巧みに／燈火〔ともしび〕のリアルト橋へ引きよせた乞食の少年…」と書いている。

なお、八十は一九二五（大14）年一二月にフランスをあとにしている。このとき、八十は山岸と相携えて帰国の途についた、というゴシップ記事が「読売新聞」に載ったようだ。だが、山岸はパリに残ったので虚報である。

汽車の旅

小ちゃな駅へつきました
ぼくらの汽車がつきました
静かな秋のお昼です。

お客はみんなねています、
お母さんもねています。
起きているのは僕ばかり。

初出は一九二六（大15）年一一月号の「良友」である。童謡の本文は『西條八十全集』（底本は八十の自筆原稿）によった。
「汽車」は蒸気機関車のこと。「呼笛」は合図の笛のこと。《呼ぶ子の笛》を略して《呼子》と書くのがふつうである。「百舌鳥」はモズ科の渡り鳥。日本で冬をすごし、ギチギチと大きく高音で啼く。他の野鳥の啼く声をまねるのがうまいので、《百舌》という字を当てる。単に《百舌》と書いて《もず》とも読む。
この童謡では、静かな秋のローカル駅でのひとこまが題材になっていて、旅情をかきたてられる。これは都会の子どもの感覚であろう。あたかも子ど

誰も下りない、乗るひとの
影も見えない山中の
寂しい、寂しい小駅《こえき》です。

駅長さんもねむそうに
ピーと呼笛《よぶこ》を吹きました、
汽車は静かにまた出ます。

ゴットン、ゴットン、ゴットントントン
遠くで百舌鳥《もず》が鳴いてます。

もの綴方のような「です」「ます」調が効果をあげている。「ゴットン、ゴットン、ゴットントントン」には平凡だが小気味よいリズム感もある。
　肩ひじをはらず、何気ない叙景の唄に徹しているところがうまい。

その夜《よ》の侍《さむらい》

宿借せと
縁《えん》に刀を投げ出した
吹雪の夜《よる》のお侍。
眉間《みけん》にすごい
太刀傷《たちきず》の
血さえ乾かぬお侍。

初出は一九二七（昭2）年三月号の「少年倶楽部」である。『少年詩集』に収録。童謡の本文は同詩集によった。

この童謡は史実を背景にした物語詩である。著名人でも英雄でもなく、名もないひとりの侍が描かれているところが珍しい。老人が子どもにむかって自分の体験を語りきかせるという演出がなされている。「です」「ます」調の語り口には、そういう場面に立ちあっているかのような臨場感を高める効果がある。

「鳥羽の戦」は一八六八（慶応4）年一月の出来事。伏見方面の戦とあわせて、《鳥羽伏見の戦［たたか］い》と呼ばれ、薩摩・長州の藩兵を中心とした新政府軍と旧幕府軍との闘いである。

口数きかず
大鼾《おおいびき》
暁《あさ》まで睡《ねむ》って行《ゆ》きました。

鳥羽《とば》の戦《いくさ》の
済んだころ
伏見《ふしみ》街道《かいどう》の一軒家。

その夜《よ》、爐辺《ろばた》で
あそんでた
子供はぼくのお祖父《じい》さん。

「伏見街道」は京と伏見を結ぶ街道である。
　傷ついた旧幕府軍の侍が一夜の宿を求めるなどということは、ずいぶん大むかしの出来事のように錯覚しがちである。だが、鳥羽伏見の戦いはこの童謡が発表された年から起算して、おおよそ六〇年まえのことにすぎない。いまの時点から一九四一（昭16）年の真珠湾攻撃を振りかえるより、ずっと《最近》の出来事だということになる。現に八十は大山巌・陸軍元帥（一八四二～一九一六）を讃えた流行歌「祖国の護［まもり］」（村越国保・作曲）を作詞しているが、この唄の二番に「十八、剣をひっさげて／夙［はや］くも尽す勤王や／血風［けっぷう］すさむ鳥羽、伏見／花は蕾［つぼみ］の稚児桜［ちござくら］」とある。
　ところで、上野の山で彰義隊と官軍が激突したときのことである。質屋の

吹雪する夜《よ》は
しみ〲と
想いだしては話します。
「うまく逃げたか、斬《き》られたか」
縁に刀を投げ出した
その夜《よ》の若いお侍。

番頭をしていた八十の父・重兵衛は、ひとけのないところにボロの古着を山と積み、敗走する彰義隊の隊士たちの高価な装束と交換したことを自慢していた、という。官軍に斬り殺されるのを覚悟で、隊士たちの変装を手伝い、戦場から落ち延びさせたのである。
　むろん、質屋としても大もうけしたはずだ。

めだかと蛙

めだかのお国へきて見れば
めだかの行列おかしいな
家来がさきに泳ぎだし
王様があとからおともして
　あとさきかまわず
ツイ　ツイ　ツイ

かえるの学校へきて見れば
かえるの稽古はおかしいな

初出は不詳。『西條八十全集』によると、一九二七（昭2）年六月の作である。童謡の本文は同全集（底本は不明）によった。『西條八十童謡全集』（一九七一　修道社）によれば、「ごく幼いひとのために」とサブタイトルがある。黒沢隆朝の曲がある。

　メダカは家来がさきに泳ぎだし、王様があとからおともする。カエルは生徒がはじめにうたいだし、先生があとからまねをする。人の世の法則と逆さまの世界を描くナンセンスな童謡である。

　「めだか」は体長二〜三センチ。少しまえまでは全国のどこでも見かける身近な魚であったが、いまでは環境の激変によって絶滅が危惧されている。

生徒がはじめにうたいだし
先生があとからまねをして
だれでもかまわず
ガア　ガア　ガア

ペットショップなどでよく見かけるのは、別種の「ヒメダカ」である。

メダカといえば、戦後の童謡に「めだかの学校」（茶木滋・作詞／中田喜直・作曲）がある。かつてある大物政治家が「だれが生徒か　先生か」のくだりについて、いたずらに生徒を甘やかしてきた戦後教育の象徴だ、という意味の批判をした。むろん芸術の意味を解さない暴論だが、すでに戦前から「めだかと蛙」のような童謡のあったことを知らなかったとみえる。

オニサン　コッチ

オニサン　コッチ
テ　ノ　ナル　ホウ　ヘ
ソッチ　ヘ　ユケバ
マキバ　ノ　サク　ヨ
メウシ　ガ　オコル
オニサン　コッチ
テ　ノ　ナル　ホウ　ヘ

初出は一九二八（昭3）年四月号の「コドモ」である。

「オニサン　コッチ／テ　ノ　ナル　ホウ　ヘ」は、伝統的な子どもの遊びを踏まえた詩句である。手を叩きながら、目隠しをした鬼のまわりを廻って、この唄を歌う。「コッチ」を「コチラ」と歌う歌詞もある。

八十の伝統的な唄への関心は、わらべ唄ばかりでなく、民謡にも及んでいる。

この童謡発表の年の一〇月、八十は「甲州小唄」（町田嘉章・作曲）を発表した。これが《新民謡》と呼ばれる創作民謡の第一作である。

一九三〇（昭5）年には、大阪朝日新聞の「民謡の旅」という連載企画

ソッチ　ヘ　ユケバ
オテラ　ノ　トウ　ヨ
ボウサン　ガ　ニラム

オニサン　コッチ
テ　ノ　ナル　ホウ　ヘ
グルリ　ト　マワッテ
テ　ノ　ナル　ホウ　ヘ

で、西日本各地を旅行した。

　さらに一九三三（昭８）年六月には、レコード「東京音頭」（中山晋平・作曲）を発売している。これは「ハア／踊り踊るなら、チョイト、東京音頭　ヨイヨイ…」というもので、江戸っ子である八十が故郷・東京のために書き下ろした新民謡である。東京地方のみならず、全国的に大ヒットした。

　「オニサン　コッチ」は、古き良き時代のわらべ唄を創作童謡に活かそうとした試みのひとつであった。

　なお、初出誌の挿画では、西洋人の子どもたちがオニごっこをしている。タイトルに「（エ　ニ　ソエテ）」の註釈もついているので、八十には伝承わらべ唄を国際的な視野で活かそうという意図もあったのかもしれない。

わすれ鉛筆

お山の、お山の、てっぺんの、
草にころげた鉛筆は、
銀のシャープの鉛筆は、
ふけてさみしい星見てる。

わたしをわすれたご主人は、
今頃、いつものお茶の間で、
晩の御飯を喰べていよ、
わたしひとりが山のうえ。

初出は一九二八（昭３）年一一月号の「子供之友」である。『少女純情詩集』に収録。童謡の本文は同詩集によった。草川信の曲がある。

子どもによってお山のてっぺんに忘れられた鉛筆の気もちが描かれている。八十が得意とする孤独感と寂寥感がテーマである。八十の童謡「なくした鉛筆」では鉛筆をなくした子どもの気もちが描かれているので、これを逆の立場から見たものであろう。ただ、「銀のシャープの鉛筆は」というところが、「銀の冠／赤い纓」（「なくした鉛筆」）とちがっている。

「シャープの鉛筆」とはいまのシャープペンシルのこと。実用的なシャープペンシルは、日本人の金属細工職人・

明日《あした》さがしにくるのやら、
それとも二度と逢えぬやら、
梟《ふくろ》が啼いて山のうえ、
今夜も雨になりそうな。

早川徳次による発明である。一九一五（大４）年に《早川式繰出鉛筆》として発売されたものの、当初はまったく売れなかった。しかし、欧米に輸出されて普及すると、国内でもしだいに売れるようになった、という。大正のモボ（モダン・ボーイ）やモガ（モダン・ガール）がこれを好んで使用した。のちに、《エバー・レディー・シャープペンシル》または《シャープ・ペンシル》という商品名に改称されている。米語ではオートマチック・ペンシル（automatic pencil）やメカニカル・ペンシル（mechanical pencil）、英語ではプロペリング・ペンシル（propelling pencil）という。

なお、早川はシャープ・ペンシルの権利を手放して、新しく事業を興した。これが電器メーカーのシャープ株式会社の前身である。

毬と殿さま

てんてん手毬《てまり》　てん手毬
てんてん手毬の　手がそれて
どこから　どこまで　とんでった
お屋根をこえて　垣こえて
おもての通りへとんでった。

おもての行列なんじゃいな
紀州の殿さま　お国入り
金紋《きんもん》　先箱《さきばこ》　供ぞろい

初出は一九二九（昭4）年一月号の「コドモノクニ」である。中山晋平の曲があり、当時の人気歌手の佐藤千夜子〔ちやこ〕がレコードに吹き込んで大ヒットした。和歌山城内に碑が建てられている。関連する八十の童謡に「卵と殿様」（『少女純情詩集』所収）がある。

この童謡は伝統的な手毬唄の形式を踏まえている。「一年たっても」「二年たっても」は全国に伝わる伝承わらべ唄「うぐいすや」から発想した詩句だろうか。

「手毬」は山蚕を芯にして木綿の糸を巻きつけてつくる。江戸時代の中期以降に木綿が大量生産されるようになって普及した。もともとは、女の子

お駕籠《かご》のそばには　ひげやっこ
毛槍《けやり》をふりふり『やっこらさのさ』

てんてん手毬はてんてんころり
はずんでおかごの屋根のうえ
『もしもし　紀州のお殿さま
あなたの　お国の　みかん山
わたしに　見せて下さいな。』

お駕籠はゆきます　東海道
東海道は　松並木
とまり　とまりで　日がくれて

の正月の遊びである。ゴムマリの普及は明治の半ば以降のようだ。「金紋」は金箔で描いた紋。「先箱」は大名行列の先頭に担がせた挟み箱のこと。挟み箱は衣服などを運ぶための長方形の浅い箱である。《金紋先箱》を行列の先にたてる大名は家格が高い。「ひげやっこ」は頬髭を生やした下僕。「毛槍」は儀仗用の槍のこと。槍のサヤに鳥の羽をつけて飾り、大名行列の先頭などで振り歩いた。「紀州の殿さま」は徳川御三家のひとつで、最高の家格。紀州・和歌山の名産はみかんである。正月といえばみかんで、みかんといえば紀州だ。八十はそんな連想からこの童謡の着想を得たのだ、という。

　ところで、木綿糸製の毬が屋根をとびこすはずがなく、この詩句は晋平が作曲するとき、屋根をとびこすように変えてしまったものだ、という説がある。しかし、実際に初出誌の「コドモ

一年たっても　戻りゃせぬ
二年たっても　戻りゃせぬ。

てんてん手毬は　殿さまに
だかれて　はるばる　旅をして
紀州はよい国　日のひかり
山のみかんに　なったげな
赤いみかんに　なったげな

ノクニ」を見ると、晋平はこの部分を「お屋根をこえて　垣こえて→垣根をこえて　屋根こえて」に変えただけである。決して原詩の内容を無視した改作をおこなったわけではない。

　なお、作曲にあたっては「てんてん手毬〔てまり〕　てん手毬→てんてん手毬〔てんまり〕　てん手毬〔てまり〕」「とんでった→とんでった　とんでった」「やっこらさのさ→やっこらさのやっこらさ」「わたしに　見せて下さいな→わたしに　見させて下さいな下さいな」「二年たっても　戻りゃせぬ→三年たっても　戻りゃせぬ　戻りゃせぬ」「なったげな→なったげななったげな」という改作もあった。

【評伝・西條八十】

高貴なる幻想のゆくえ

上田信道

文学に志す――吉江孤雁との出会い

西條家は東京・牛込払方町一八番地（現・新宿区払方町）で、江戸時代から続く質屋「伊勢屋」を営んでいました。

八十の父・重兵衛は、相模国《さがみのくに》田村川（現・横浜市）の豪農の家に生まれました。江戸にでて質屋の番頭になり、さらに商売の才覚を見込まれて養子に迎えられます。一八八〇（明13）年に店の経営を引き継ぐと、新しく石鹼の製造と輸入販売を手がけました。これが文明開化の時流にのって、莫大な財産を築きます。

母・徳子（戸籍名・トク）は、相模国藤沢（現・神奈川県藤沢市）の本陣に生まれました。藤沢小町といわれるほどの美人で、もともと西條家の跡取りの丑之助と結婚するはずでした。しかし、丑之助が急死してしまいましたので、一八七七（明10）年に番頭だった重兵衛と結婚した、というわけです。

八十はこのふたりを両親として、一八九二（明25）年一月一五日に生まれました。戸籍上は三男ということになっていますが、父は自分の実弟を養子にしていましたから、実質的には次男です。

――父が極端に質素倹約を重んじ、一切の美的趣味を斥《しりぞ》けた人であり、母も殆んどそれに似た女性であったので、自然当時の私の外面生活は冬の草野《くさの》のように甚《はなは》だしく荒蕪《バレン》なものであった。

八十は童謡集『鸚鵡と時計』（一九二一　赤い鳥社）の「序」のなかで、自分の両親についてこのように書いています。大金持ちの家に生まれながら、端午《たんご》の節句の武者人形も買ってもらえません。

ただ、夢みがちな少年でした。ひとたび眼を閉じると、床の間にはさまざまな好ましい人形が綺羅《きら》星《ほし》のように髣髴《ほうふつ》と浮かんできます。

――私の童謡の随所に見出される一種の奇異な幻想は、こうした年少時の生活にかなり深い根を置いているように自身には感ぜられるのである。

同じく「序」のなかで、こんなふうに当時のことをふりかえっています。親の極端な質素倹約がのちの童謡詩人を生んだのです。

幼少期には、おきんという乳母に育ててもらいました。この人は二代目・談州楼燕枝《だんしゅうろうえんし》という落語家の実母でしたから、八十は寄席に親しんだようです。古くから江戸に伝わる伝承子守唄やわらべ唄に親しんだのも、おきんさんのおかげでした。

その後、一時期ではありますが、父の末弟にあたる伊藤久七のもとで育てられました。この叔父は、八十を養子にするつもりだったようです。米穀商の養子に入り、米相場で鳴らしたこともありましたが、投機に失敗してからは重兵衛に生活の面倒をみてもらっていました。夫婦はそろって道楽が好きでしたから、そのおかげで五代目・尾上菊五郎や市川左団次といった歌舞伎役者を知った、といいます。三遊亭円生や円遊といった落語家たちや、浅草の芸人たちの芸にも親しみました。

八十が初めて文学に触れるのは、早稲田中学の二年生のときでした。同級生の家に遊びにいき、友人の姉の本棚で一冊の詩集をみつけます。それが土井晩翠の『天地有情』（一八九九　博文館）で、すっかり夢中になった八十は、その詩集を借りて帰ると、そっくり全部を書き写してしまいます。

さらに、その翌年の一九〇六（明39）年に、早稲田中学へ新しく吉江《よしえ》喬松《たかまつ》という若い英語の先生が赴任してきます。この先生こそ、八十の学問の師であるとともに、文学の師ともなった吉江孤雁《こがん》でした。

この年の五月二三日から三日間、八十は中学の泊まりがけの遠足で、箱根にいきます。二四日には、吉江先生とふたりだけで駒ヶ岳に登りました。このとき、初めて孤雁の口から文学の話を聴かされて、その歓喜に恍惚となり、自分も文学者になりたいという決意をうちあけました。

ところが、帰宅した日の夕方のこと、父・重兵衛が脳溢血で急死するという不幸に見舞われます。享年六六歳でした。

葬式の日、八十は編笠《あみがさ》をかぶせられ、父の位牌をささげもって葬列の先頭を歩くようにいわれますが、不思議に思いました。葬列の先頭を歩くのは喪主の役目です。喪主なら実兄の英治がなるはず、と思ったからでした。

　このとき、八十はまだ知らされていませんでした。七歳年上の英治はこの年の三月に廃嫡（旧民法で家の相続権を喪失させること）にされていたのです。英治は一五～六歳の頃から家の金をもちだしては家出を繰りかえすなど素行が悪かったため、重兵衛によって見切りをつけられた、というわけです。

　しかし、八十はまだ一四歳の少年でした。そこに目をつけた英治は、数人の親戚を味方につけると法律に暗い母をだまして、形式的に父の遺産を自分が買い取ったことにしてしまいました。こうして合法的に財産を横取りすると、山口某という名のタチの悪い番頭と結託して放蕩のしほうだいです。

八十、早稲田中学時代

　そんな実情など少しも知らず、八十は一九〇九（明42）年に早稲田大学英文科予科へ進みました。敬慕する吉江孤雁が早大英文科講師に栄転したからですが、授業がつまらないので二ヶ月ほどで辞めてしまいました。

　その後、正則英語学校で英語をならったり、暁星中学でフランス語をならったりしますけれども、いずれも長続きしません。翌年には姉・兼子（戸籍名・カネ）を慕って、嫁入り先の奈良に滞在しています。この姉からは、泉鏡花《いずみきょうか》の幻想小説や徳富蘆花《とくとみろか》の自然観を教えてもらい、詩作を励ましてもらうなど、大きな影響を受けていたからです。「寧楽《なら》の第一夜」（「白孔雀」一九二二年五月号）という詩は、この姉と奈良時代のことを題材にしたものです。奈良では、米国人の老婦人に英語をならったり、陸軍将校だった義兄に第三高等学校（現・京大）の受験を奨められその気になったりして、さまざまな想い出を残しました。

そんな寄り道もしたのですが、八十は一九一一（明44）年に東京へもどり、早大英文科予科に再入学しました。面白いことに、このとき東京帝国大学（現・東大）の国文学科選科へも入学しています。のちに東京帝大のほうは中退しましたが、帝大の制帽をかぶって早大に通い、学友たちに呆れられてしまった、というエピソードが残っています。

ただ、早大の授業には、ほとんど出席しませんでした。

早大では、のちに作家になって童話や小説を書いた坪田譲治と同級生でしたが、あるとき八十はこんなことをいいました。

——君と教室で一度も逢ったことがないね。

すると、譲治にこんなふうにやりかえされてしまいます。

——それは、君が全然出て来なかったからさ。

そんなわけで、八十はもっぱら追試験でつじつまをあわせて卒業にこぎつけました。

しかし、吉江孤雁にはずいぶん可愛がられたようです。吉江教授の講義を聴いてイエーツなどのアイルランド文学がわが国の文学に及ぼした影響についてレポートを書き、たいへん褒められたりしています。

大正バブル経済――君みたいに丸善へ行くひとなんて初めてだね

一九一四（大3）年のことです。当時、八十は実家をでて早大ちかくに下宿していました。その隙をついた兄・英治が、番頭の山口にそそのかされて、西條家の金庫から有価証券や不動産の権利証書まで全財産をもちだしました。そして、なじみの芸者といっしょに失踪してしまったのです。

八十は全財産を無くしたことを知って愕然としましたけれど、実直な店員から番頭の山口が東北本線に乗ったらしいという情報を聞きつけました。そこで、取るものもとりあえず、その跡を追います。

それはあてもない追跡の旅でしたが、幸運にも福島の飯坂温泉で兄と駆け落ちした芸者を発見できました。八十は必死の思いで芸者をだまして、兄の隠れ家を聞きだします。ところが、兄の隠れ家にいく途中で、山口の指図を受けた人力車の車夫たちに袋だたきにされてしまい、いったん兄を取り逃がします。それでも兄の逃げていった道がずっと一本道だということを知ると、走りに走ってやっと

の思いで兄に追いつくことができました。

――いっしょに蛍狩りでもしようか。

これがひさしぶりに聞く兄の声でした。八十はいままでの緊張が一度に解け、あふれる涙をおさえきれなかった、といいます。

こんな苦労をして兄を東京にまでつれもどしましたが、放蕩ぶりはあいかわらずです。家には帰らず、待合茶屋（芸者を呼んで遊ぶ茶屋）で寝起きする、というていたらくでした。

そこで、とうとう、八十は放蕩者の兄を殺してしまう決意をします。

まず、短刀を買ってきました。さらに医学書を研究して、人殺しの練習をしたうえで、弟の隆治に兄殺しの計画をうちあけます。

――自分はまだ未成年だから死刑にはならないだろうが、刑務所ぐらしは長くなりそうだ。あとのことはくれぐれも頼んだぞ。

けれども、こういうことにかけては兄のほうが、一枚も二枚もうわてでした。

英治は待合茶屋に自分を訪ねてきた弟の必死の形相から、ただならぬ気配を感じ取り、すなおに有価証券や権利証書の入っているカバンと実印をもってきて引き渡しますから、八十はあっけにとられます。しかし、そこに油断がありました。家に帰ってから調べてみると、なんと実印は柄の部分だけで、肝心の印面がありません。兄は印面の部分だけを切り取って、自分の手もとに残して置いたのでした。これさえあれば、いくらでも印鑑（印面）を押して財産を処分できます。

そんなわけで、八十はほとんどすべての財産を失いました。そればかりでなく、家長として西條家の家族の生活をひとりで背負わなければなりません。

そこで「かねなか」という株屋になかば勤めながら、株の取引を覚えました。この頃の日本は、第一次世界大戦の影響で大好況になり、株式や土地へ投機することがはやっていたのです。八十は学資や一家の生活費を兜町で稼ぎました。

八十がやったのは、もっぱら《ジキ取引》という方法でした。これは株の売り手と買い手が直接取引をする方法で、本来は五日以内に現物の受け渡しをするのが建前でした。しかし、実際には株が上下した差金だけを決済するかなり投機的な取引だったようです。

話は少し飛びますが、一九一九（大8）年のことです。八十は父の遺品まで質入れして三千円を調達し、それを株につぎ込みます。初めは「日活」株を買いました。当時のニューメディアであった映画は成長産業でしたから、これが大当たりして、半年たらずで三千円を七万円にまで増やします。

さらに「東株」と「新東株」を買いすすみました。東株は東京株式取引所（現・東京証券取引所）が発行する株式のこと。新東株は東株の新株のことで、当時の代表銘柄です。この年の暮れには、とうとう三〇万円にまで増えました。米一〇キロで二〜三円という時代のことです。

こうして、八十は「赤い鳥」や「少女画報」に寄稿しながら株の取引に熱中しました。株の儲けをつぎ込んで、第一詩集『砂金』（一九一九 尚文堂書店）を豪華な羊皮紙の装幀でだしたり、高価な英語の辞書を買ったりもしています。

——儲かると色町の葭町《よしちょう》や吉原へ出かける客はよく見たが、君みたいに洋書販売の丸善へ行くひとなんて初めてだね。

「かねなか」の店員からそういう意味のことをいわれてしまったのは、この頃のことです。

しかし、第一次世界大戦が終結すると、大正バブル経済がはじけました。一九二〇（大9）年三月一五日と一六日の大暴落で、手もとに残ったのは、わずか三〇円だったといいます。八十は神田のフランス書院に立ち寄り、この金でフランス語の辞典を買いました。いかにも、八十らしいエピソードですが、ここで話をもとにもどします。

八十は一九一五（大4）年に早大を卒業しました。授業にほとんど出席しないままでしたけれど、それでも第二位という成績だったようです。卒業論文は「シンク論」で、長谷川天渓《てんけい》教授に認められました。

翌年には小川晴子（戸籍名・はる）という女性と結婚します。

八十が晴子と結ばれるにあたっては、ちょっと面白いロマンスがありましたから、ここに紹介しておきましょう。

早大在学中の頃、八十は師の吉江孤雁の依頼でボードレールの長詩「航海」を翻訳しようとしました。しかし、早大入学まえに夜学でちょっとフランス語を勉強しただけでは、とても歯が立ちませんので、丸山順太郎という仏文学者を訪ね、教えを請いました。

その帰りのことです。突然のにわか雨に降られたため、新橋駅前の小料理屋に駆け込みました。その店の帳場に長身の美人が座っています。雨がなかなかやみませんから、彼女は番傘を貸してくれました。

その翌日、番傘を返しにいった八十は、自分の住所と身分を書いた紙きれを渡して、こう切りだします。

——失礼ですが、あなた、ぼくと結婚してくれませんか。

すると、彼女は真っ赤になって、辛《かろ》うじてこんな返事をしました。

——考えておきます。いずれご返事いたします。

彼女に求婚したあとは、そのまま何の返事もありません。

そこで八十は京都へ旅行しました。自分から求婚しておきながら返事をたしかめようともせず、旅行にでかけるとはずいぶん変なことをしたものです。しかし、そのあたりが大詩人なのでしょう。凡人とはそういうところがちがいます。

それはともかく、早大の同級生の実家にしばらく居候して、比叡山に登ったり、琵琶湖へいったりして、のんびり遊んでいましたところ、見知らぬ中年の男の人が訪ねてきます。この人こそ、もと

前列左から次女慧子、母徳子、長女嫩子、後列左より女中琴、晴子夫人、八十（大正 11 年頃）

は晴子の実家のお抱え人力車の車夫で、お嬢さんが結婚を承知したことを伝えにきた使者だったのです。

　八十の家も晴子の家も、ともに没落した商家です。しかし、《没落》したとはいっても、一般の庶民とは少しばかり生活感覚がちがっていたようです。

　——彼女はその当時からこうした即時実行型の女性だった。その性格が死ぬ時までつづいて、ロマンティックなぼくの実生活を温かくリードしてくれたのだった。

八十は『亡妻の記』（一九六八 家の光協会）という本のなかで、晴子についてこのように書いています。

西條八十さんはおりますか――「赤い鳥」への執筆依頼

一九一七（大6）年から、八十は神田神保町の建文館という出版社の二階に住むようになりました。以前からこの会社に出資して重役になっていたのですが、小さな出版社のことです。とても《出世》とはいえません。月に二五円の手当をもらい、家賃はタダという条件で働いたのです。仕事は「英語の日本」という雑誌を編集することが中心でした。

運命が大きく開けたのは、翌一九一八（大7）年の夏のことです。

――西條八十さんはおりますか。

建文館にいた八十のところに、そういって訪ねてきたのは、色が黒くて眼がするどく、口ひげをはやした小柄な紳士でした。

差しだされた名刺を見て、ちょうど注文を受けた本の荷造りを店先でしていた八十は驚きました。なぜなら、この初対面の紳士こそ、この年の七月に児童雑誌「赤い鳥」を創刊したばかりの鈴木三重吉だったからです。三重吉はすでに夏目漱石門下の小説家として有名でした。その三重吉が、同人誌などに実績があったとはいえ、ほとんど無名の青年にすぎない八十を、わざわざ訪ねてきたのです。

――新しい童謡をあなたに書いて頂きたいのです。

三重吉はこんなふうに切りだしました。そして、「赤い鳥」誌の理想を説き、八十に熱心に頼み込みます。

三重吉は劇作家の灰野《はいの》庄平《しょうへい》から八十を紹介されたのでした。「赤い鳥」にはすでに北原白秋の協力を得ていましたが、三重吉はもうひとり新しい芸術的な童謡を書いてくれる詩人を探し求めていたのです。

——とにかく書いてみましょう。

八十はこう答えてはみたものの、自信はありません。三重吉から原稿を依頼された感激よりも、三重吉からの依頼の難しさで胸がいっぱいになってしまいました。なぜなら、三重吉の依頼は、芸術的な詩でありながら子どもにも楽しめるものを書いてほしい、ということだったからです。

これまで、そんな童謡を書いた詩人なんか、誰もいやしない。そんなふうに、あれこれ思い悩んだすえに、ひとつの結論に達しました。それは童謡に西欧流の象徴詩の手法を取り入れる、ということでした。

八十は『鸚鵡と時計』の「序」のなかで、童謡詩人としての自分の使命は、子どもに《高貴なる幻想》すなわち《叡智想像《インテレクチュアル、イマヂネイション》》を植えつけることだ、と書いています。これはかなり難しい表現ですが、要するに童謡とは芸術的な内容をもった詩だ、という意味です。さらに、次のようにも書いています。

——私は単に市井《しせい》の児童によき謡《うた》を与えると云う普通の動機以外、更に大人に謡を与えることによって、彼等の胸に昔の子供時代の純な情緒《じょうしょ》を呼び覚ましたいと云う希望からも童謡を書いた。

これと関連して、八十は「童謡を書く態度」(「童話」一九二二年一〇月号)のなかでも、次のように書いています。

——「芸術的内容を持つ」と云うことは、換言すれば「詩である」と云うことである。「一面詩としての優れた芸術的価値を持ちながら、しかも一面児童に与えて誦せしむるに適《ふさ》わしい歌」、これが大体に於て私が童謡なる言葉に附している定義である。

八十のいう《詩である》とは、西欧流の近代詩であることを意味しています。つまり、八十は子どもが読むことにくわえて、おとなのための詩でもあることや、童謡を通じて自己表現することを重視しました。芸術は芸術のためにある、という芸術至上主義の考え方を根っこのところに置いていることがわかります。

『鸚鵡と時計』(大正10年)

これに対して、白秋は日本の伝統的なわらべ唄の世界に、新しい童謡の源泉を求めました。また、「童謡私観」(『緑の触角』一九二九 改造社)という文章のなかでは、次のようにのべています。

——私は童心を童心として尊重する。而も童謡の価値を芸術

の価値とする。童謡制作の第一義は自己の童心により自《おのずか》らにして真純の歌謡を成すべきである。

白秋のように、根っこのところに《童心》を置く芸術観を童心主義といいます。

童心主義とは、子どもの心は純真無垢であり、そういう子どもの心にむかって童謡や童話を書くという思潮のことです。この頃の童謡詩人たちは、現実の子どもを対象に童謡を書いていたわけではなく、おとなや子どもが心のなかにもっている、理想の《童心》にむきあっていたのです。

このように八十と白秋の童謡観は、似ているようでいて根っこのところがちがいます。いずれふたりの詩人が衝突することは、避けられない運命にありました。

実際、一時期の「赤い鳥」には、八十の童謡が誌面を席巻しかねない勢いがあります。とくに一九二〇（大9）年六月号から八月号までの「赤い鳥」に、白秋は童謡を書いていませんので、八十の童謡が主役の座を占めました。これは、この年の五月に白秋の妻が家出して離婚問題がもちあがったことの影響ですが、もう少しこの状況が続けば、日本の童謡の世界はすっかりさまがわりしていたことでしょう。

「赤い鳥」で雑誌記者をつとめた森三郎の「私の記者時代」（『赤い鳥代表作集3』一九五八　小峰書店）によると、三重吉はこのときの八十と白秋の確執について、おおよそ、こんなことをいっていたそうです。

――気の小さい奴だよ、西條八十の書く雑誌はおれは書かんと言って、西條を赤い鳥から追い出したくせに。

こうして、八十は一九二一（大10）年八月号を最後に、「赤い鳥」からすっかり手を引きます。そして、雑誌「童話」（コドモ社）のほうに、一九二二（大11）年四月号から執筆するようになりました。ここでは童謡の投稿欄の選評をも担当して、金子みすゞや島田忠夫など、投稿家出身の弟子たちを育てることになります。

一方の白秋は「赤い鳥」に残り、投稿欄の選評を通じて巽聖歌《たつみせいか》や与田準一など、投稿家出身の弟子たちを育てました。

八十と白秋の対立が、むしろ、この時代の童謡をより豊かなものにしていったのかもしれません。

八十が生前に刊行した主な童謡集には、第一童謡集『鸚鵡と時計』と、渡仏まえに出版社へ原稿を渡しておいた『西條八十童謡全集』（一九二四 新潮社）があります。『西條八十童謡全集』には『鸚鵡と時計』のすべての童謡が含まれますから、この童謡全集には自分がこれまでに創った童謡を集大成して区切りをつけようとする意志がうかがえます。

「童話」創刊号表紙
（大正９年４月号）

その後、八十の関心は、童謡の分野からしだいに遠ざかっていき、読むための少年詩や少女詩の分野に移っていくことになります。一九二六（大15）年七月号を限りに「童話」

誌が廃刊されると、そうした傾向にますます拍車がかかりました。この分野での成果は『少年詩集』（一九二九 大日本雄弁会講談社）や『少女純情詩集』（一九三二 大日本雄弁会講談社）などにまとめられています。

大震災の夜——芸術至上主義の高塔を降りる

すこし時間をさかのぼって、八十がまだ不遇であった一九一七（大6）年のことです。建文館の二階に住み込むまえ、八十は新橋駅前にあった妻・晴子の実家の料理屋を改装して、「天三」という天ぷら屋を開店しています。店の主人になった八十は、長靴をはいて築地市場に仕入れにでかけ、慣れない手つきで天ぷらをあげました。

天ぷら屋の経営は短い期間で終わりましたが、ここでお坊ちゃん育ちの八十は得がたい経験をしました。貧しい労働者が哀れな夕刊売りの少年を店につれ込んできて、一杯二〇銭の天どんをおごってやります。破れた半天《はんてん》の腹掛けから銅銭のジャラジャラする音をさせながら…

八十は『亡妻の記』のなかで、当時のことを次のように回想しています。

——ぼくは、人情というものは上層になくてより多く下層にあるものだということを、しみじみと感じた。

このときの経験が、のちに流行歌や新民謡などの歌謡の制作に興味をもつ遠因になった、というのです。

そして、忘れもしない一九二三（大12）年九月一日の関東大震災の日のことでした。

八十は近所の床屋で散髪中でした。半分ほど髪を刈ったところで、大地震が襲ってきたので、驚いて床屋を飛びだしました。家には目が不自由で老いた母親と、ふたりの幼い女の子と、女中（家政婦）さんがいるばかりで、妻の晴子は入院中でした。このようなときに男手はひとりもありませんから、八十は落ちてきた瓦で額を割られ、血だらけになりながらも、わが家に駆けつけます。

すると、幸いにも家の者は皆無事でした。ほっと安心するまもなく、今度は池袋の病院に入院中の妻を見舞います。そして、妻の安全をたしかめると、さらに月島に住む兄・英治の夫婦や、下町に住む知人たちの身の上が気になります。

そこで築地のほうに歩きだしましたが、倒壊した建物と避難民に阻まれ、いつのまにか上野のほうに押されていってしまいました。

夜に入り、上野の山から見下ろす東京の市街は、見渡す限り火の海になっています。避難民たちは、疲労と不安と餓《うえ》とで、ほとんど誰も口をききません。

そのとき、ひとりの少年が銀色に光るハーモニカを取りだしました。少年はちょっとの間、あたりを眺め廻していましたが、矢庭《やにわ》にそれを唇に当てます。

驚いた八十は少年を制止しようとしました。こんな非常の際にハーモニカなどを吹いたら、殺気立っている群衆が怒りだすだろう、と思ったからです。

ところが、反対でした。皆はじっとその音色に耳を澄ませます。緊張が和《なご》んだのか、ある者は欠伸《あくび》をし、手足をのばします。ある者は立ち上がって身体の塵を払ったり、歩き廻ったりしました。

——一口にいえば、それは冷厳索寞《れいげんさくばく》たる荒冬《こうとう》の天地に一脈の駘蕩《たいとう》たる春風が吹き入ったかのようであった。山の群衆はこの一管のハーモニカの音によって、慰められ、心をやわらげられ、くつろぎ、絶望の裡《なか》に一点の希望を与えられた。

八十は『唄の自叙伝』（一九五六 生活百科刊行会）のなかで、このように書いています。

そして、八十は想いました。

——俗曲もまたいいもんだ。こんな安っぽいメロディーで、これだけの人が慰楽と高揚を与えられる。

こうして、八十は芸術至上主義の高塔を降り、大衆を楽しませる唄に手を染める決心をしました。真剣に《俗歌》を書いてみよう、と想ったのでした。

大衆歌謡の道を選ぶ――江戸っ子の面《つら》よごしといわれても…

一九二九（昭4）年のこと、映画「東京行進曲」（出演＝夏川静江・小杉勇／監督＝溝口健二）が封切られましたが、八十はこの映画の主題歌「東京行進曲」の作詞を依頼されています。作曲は中山晋平《しんぺい》が担当し、人気歌手の佐藤千夜子《ちやこ》が歌いました。（歌詞は国書刊行会版『西條八十全集』による。以下同じ。）

昔恋しい銀座の柳
仇《あだ》な年増《としま》を誰《たれ》が知ろ
ジャズでおどってリキュルで更《ふ》けて
あけりゃダンサァのなみだあめ。

恋の丸ビルあの窓あたり
泣いて文《ふみ》かく人もある
ラッシュアワーに拾ったばらを

せめてあの娘《こ》の思い出に。

広い東京恋故《ゆえ》せまい
いきな浅草忍び逢《あ》い
あなた地下鉄私はバスよ
恋のストップままならぬ。

シネマ見ましょかお茶のみましょか
いっそ小田急で逃げましょか
変る新宿あの武蔵野の
月もデパートの屋根に出る。

この唄には「銀座」「丸ビル」「ラッシュアワー」「浅草」「地下鉄」「バス」「シネマ」「小田急」「新宿」「デパート」と、時代のキーワードがちりばめられ、この頃の享楽的な大衆文化をよく表しています。

主題歌のレコードは、映画の封切りまえに一五万枚、そのあとに三〇万枚も売れています。あまりのヒットぶりに、ラジオで放送禁止になったほどです。

そして、この年の八月二八日付「東京日日新聞」の夕刊紙上には、こんな活字が踊りました。

――流行小唄の洪水に門を閉じる小学校

――認可以外の歌を教えないよう文部省が「歌の検察官」

子どもたちのあいだでも、「東京行進曲」をはじめ、おとなむけの流行歌がはやりました。これにあわてた旧文部省では、認可を受けていない唄を学校で歌わないよう取り締まりをつよめます。さらに、文部省の役人だけでは学校のそとで強制力がないことを心配したのでしょう。東京のある小学校の校長などは、少年店員たちが流行歌を歌うことを巡査に取り締まってもらいたい、とまで主張しました。

中山晋平と（昭和６年）

　これよりまえ一九二一（大10）年の四月に、八十は早大英文科の講師（第一・第二高等学院教授兼任）に迎えられていました。「英語の日本」誌にイエーツやハーンなどについて精力

詩「母の部屋」「寧楽の第一夜」の録音風景（昭和11年5月）

的に執筆したことが評価されたのです。また、吉江孤雁の奨めにしたがって、一九二四（大13）年から二年間パリに留学し、ソルボンヌ大学の講義を聴講したり、文化人と交わったりしました。帰国後は仏文科助教授に就任。一九三一（昭6）年には教授に昇任するなど、学者としても順調な日々をおくっていたのです。

ところが、大学教授であった八十が流行歌を創ったものですから、世間の非難が集まりました。ラジオ番組で、江戸っ子の面よごしだ、といわれ、左翼学生たちから「かなりや」の替え唄で「唄を忘れた西條はボールのバットでうちころせ…」とヤジられる騒ぎもありました。

八十は詩人・童謡詩人として名を成し、大学教授にもなりましたので、経済的理由から流行歌の作詞を手がける必要などはないのです。それでも、どれほどひどい非難をされても流行歌の仕事をやめなかったのは、大衆を楽しませたいというサービス精神があったからだろう、と思います。

八十が創った大衆歌謡は流行歌だけではありません。中山晋平と組んで《新民謡》と呼ばれる創作民謡をたくさん創り、地元の人たちから喜ばれました。「甲州小唄」「長崎音頭」「別府音頭」「軽井沢音頭」など、数えあげればきりがありません。いまでは「東京音頭」は某プロ野球球団の応援歌だ、と思い込んでいる人もありますが、このコンビによるれっきとした東京地方の新民謡なのです。

おとなむけの探偵小説、子どもむけの冒険小説や探偵小説、少女小説など、いまでいうエンターテイメントのジャンルの文学作品を数多く手がけているのも、大衆にむけたサービス精神の現れでしょう。

こうした精神の究極の現れが軍国歌謡です。

若い血潮の「予科練《よかれん》」の
七つ釦《ボタン》は　桜に錨《いかり》
きょうも飛ぶ飛ぶ　霞ヶ浦にゃ
でかい希望の　雲が湧《わ》く

＊「予科練」は海軍飛行予科練習生。
＊「七つ釦」は予科練の軍服のボタンの数。「桜に錨」は襟章などのデザイン。
＊「霞ヶ浦」は予科練の飛行基地の所在地。

これは「若鷲の歌」という唄で、一九四三（昭18）年に封切られた映画「決戦の大空」（出演＝原節子・小高まさる／監督＝渡辺邦男）の挿入歌として創られました。作曲は古関裕而《こせきゆうじ》で、霧島昇と波平暁男

が歌っています。レコードも発売され、時節がら国民大衆から大喝采されました。しかし、八十の教え子である早大の学生をはじめ、多くの若者たちが予科練を経て特攻隊に志願していった事実を忘れるわけにはいきません。

八十はすでに日中戦争の頃から、新聞社の委嘱で南京総攻撃に参加したり、陸軍の委嘱で《音楽部隊》の隊長として戦線に従軍したりしていました。子どもたちにむけても、多くの戦意高揚のための少年詩を書いています。

戦争末期には、古関裕而とのコンビで「比島決戦の歌」（一九四五）という軍国歌謡のレコードも大ヒットさせています。

決戦かがやく亜細亜《アジア》の曙《あけぼの》
命惜しまぬ　若桜《わかざくら》
いま咲き競うフィリッピン
いざ来いニミッツ、マッカーサー
出て来りゃ地獄へ逆落《さかおと》し

＊「若桜」は日本海軍の将兵。
＊「ニミッツ」は米国海軍の提督。「マッカーサー」は米国陸軍の将軍で、連合国軍太平洋方面総司令官。

しかし、この唄が敗戦後に大きな問題を引きおこすことになりました。なぜかというと、日本の降伏後に占領軍の総司令官として乗り込んできた軍人が、ほかでもないマッカーサー元帥だったからです。

――西條八十は進駐軍によって絞首刑か？

そんな意味の見出しが新聞に踊りました。

これに先だって、八十は敗戦の直前に早大教授を辞任しています。表面的には、教授は講義のないときも登校して校舎を守れという大学当局からの指示に反発した、ということになっています。背景には、早大内の派閥争いがあったともいいますが、結果としてこれは正解でした。

敗戦後、多くの学者や文化人は自分が戦争に協力したことを棚上げし、一部の指導的な立場にあった人にすべての責任を押しつけようとしました。作詞家のなかで指導的な人といえば、真っ先に八十の名が浮かびます。

ですから、たとえ八十が自ら身を引かずにいたとしても、遅かれ早かれ戦争責任を一身に負わされて、教授の職から身を引かざるを得なくなったのではないか、と思います。

恋多き詩人の終焉――われらたのしくここにねむる

早大を辞めてからの八十は、文筆に専念します。

その精力は主としておびただしい数の流行歌に注がれ、ついに戦後歌謡界の大御所的な存在にまでなりました。

やがて時は流れ、一九七〇（昭45）年八月一五日のことです。「朝日」「毎日」「読売」の新聞各紙に、こんな風変わりな死亡広告が載りました。


「私は　今日　永眠いたしました。長い間の皆様のご好誼に対し厚く御礼申上げます。

西條八十」

詩人　芸術院会員　西條八十は　このようなご挨拶を遺して　八月十二日午前四時三十分自宅にて急性心不全のため逝去いたしました　謹んで辱知の皆様に御通知申上げます

生前から自分自身の死亡広告の原稿を書いておくなど、まったく前代未聞のことです。ただ、本当のところは、この原稿は八十自身が筆を執ったものではなく、生前から八十がいっていたことを遺族や弟子たちが記録していただけだったようです。それでも、八十がかねがねそういう気もちを口にしていたことには、ちがいありません。

八十という詩人は、人生の終わりにあたっても、なお自分の詩を愛してくれた大衆へのサービス精神を忘れなかったのだと思います。

ところで、八十にはもうひとつの「遺書」がありました。それは千葉県松戸市の八柱《やはしら》霊園内の西條八十・晴子夫妻の墓に刻まれた墓碑銘です。墓石は花崗岩で夫妻の名を刻み、その墓石の前面に詩集を拡げた形の黒御影石をはめ込んで墓碑銘が刻まれています。銘文は八十自身が筆を執ったものです。

われらたのしくここにねむる
離ればなれに生まれ　めぐりあい
短かき時を愛に生きしふたり
悲しく別れたれど　ここにまた
心となりてとこしえに寄りそいねむる
西條八十

晴子夫人は一九六〇（昭35）年六月一日に脳軟化症のため亡くなります。偶然にも、この日は夫妻にとって四四回めの結婚記念日でした。
もともと西條家の菩提寺は、東京・赤坂の澄泉寺でしたが、晴子夫人は生前から、八柱霊園内にある実妹・三村美代子の墓所のちかくに自分を葬ってほしい、と希望していました。そこで、かねてか

ら墓地を購入してあったその地に墓碑を建立し、一周忌を期に葬られたのでした。それ以来、よほどのことがない限り、八十は毎月一日の命日に墓参りを欠かしたことがなかったそうです。晴子の死去から一〇年たつと、八十も妻の跡を追いました。八十が亡くなった八月の一八日には、遺骨が埋葬されています。

　これと関連して、八十の晩年のヒット曲に「王将」があります。

　この唄は歌手の村田英雄のために書き下ろした流行歌で、作曲は船村徹です。一九六一（昭36）年にコロムビアレコードから発売されると、大ヒットしました。

吹けば飛ぶよな　将棋の駒に
賭けた命を　笑わば笑え
うまれ浪花《なにわ》の　八百八橋《はっぴゃくやばし》
月も知ってる　俺《おい》らの意気地《いきじ》

あの手この手の　思案を胸に
やぶれ長屋で　今年も暮れた
愚痴も言わずに　女房《にょうぼ》の小春《こはる》

つくる笑顔が　いじらしい
明日《あす》は東京　出て行《ゆ》くからは
なにがなんでも　勝たねばならぬ
空に灯《ひ》がつく　通天閣《つうてんかく》に
おれの闘志が　また燃える

この流行歌では、新国劇の「王将」を演歌に仕立てました。

脚本は北条秀司《ひでじ》で、初演は一九四七（昭22）年のことです。実在の名棋士・坂田三吉（一八七〇〜一九四六）が、大阪・天王寺の長屋に住みながら独学で将棋を身につけ、ハングリー精神で東京中心の将棋の世界に挑みます。そんなストーリーの舞台が大評判を呼びました。すると、その翌年には早くも同じタイトルの映画が封切られ、その後も何度も映画化されています。八十の「王将」のヒットは、この物語の人気にますます拍車をかけました。

ところが面白いことに、この唄には他ならぬ八十自身の強い想いが反映している、という見方が有力です。

一番の歌詞に「将棋の駒」とあるのは、実は原稿用紙のことなのだそうです。そういえば、将棋の

駒を《吹けば飛ぶ》と表現するのは、少し大げさかもしれません。たしかに、口をちかづけて強く吹けば飛びます。でも、イメージとしては、八十がいつも詩を書きつける原稿用紙のほうが、はるかにふさわしいでしょう。

だから、吹けば飛ぶような原稿用紙に命を賭けた——これは、大衆を楽しませる唄に命を賭けた八十の生きざまを象徴している、と解釈できます。

二番の「女房の小春」は、むろん自分の妻の晴子のことでしょう。吹けば飛ぶような原稿用紙に命を賭ける自分のような詩人に、生涯にわたって愚痴もいわずについてきてくれた——そんな気もちを象徴しているのだ、ということです。

八十は多くのヒット曲を世に送りだし、芸術院会員にまで推されましたから、まさか「やぶれ長屋で今年も暮れた」ということはありません。しかし、新橋に天ぷら屋をだしたり、出版社の二階に住み込んだりした貧乏時代はもちろん、有名になってからも数多くのロマンスで浮き名を立て、晴子夫人に苦労をかけています。

ありていにいうと、八十は何かにつけて恋多き人でした。

フランスに留学するまえにも、海辺の避暑地で人妻と恋愛関係に陥りました。たまたま、彼女の夫がピストルの名手だったので、警察官が旅立つ八十の警護をしていた、といいます。船中でも、女流画家の山岸（のち森田）元子と知りあい、パリで同棲をします。

芸者遊びなどにも手慣れた人でした。あるときには芸者に騙されて絹の着物をつくらされました。それで、腹いせにその着物を燃やした火でたばこを吸いながら、絹の燃える香りを楽しんだ、というエピソードも伝わっています。

上野不忍池畔のかなりや碑の前にて（昭和 38 年）

けれども、それはあくまでいわゆる《遊び》で、生涯にわたって晴子を正妻としてたて続けました。だから、この唄が創られる前年に亡くなった夫人への熱い想いが込められている――そんな読み方も、あながち深読みとはいえないでしょう。

三番の「おれの闘志」は、もちろん八十が流行歌に注ぎ込む熱い闘志のことだと思います。八十はフランス文学者であり大学教授として名をあげました。また、象徴詩の詩人として、あるいは子どもたちの夢をはぐくむ童謡詩人としても名をあげました。そのうちのどれかひとつを取っただけでも、後世に名を残すに充分な業績です。

しかし、八十はあえて《高貴なる幻想》から身を引き、《俗歌》の世界に身を置きました。そんな尋常ならざる自らの決意と生きざまを、この流行歌の歌詞に歌い込めているのです。

かくして、八十は長年にわたって八十を愛し続けた日本の子どもたちや大衆に別れを告げました。家人も気づかないうちに安らかに逝ってしまったのだそうです。そして生前からの望み通り、愛する妻に寄りそいながら、永久《とわ》の眠りについたのでした。

【年譜】

年代	八十の身辺	社会や文化の動き
一八九二（明25）年 0歳	一月一五日、東京・牛込払方町に、父・重兵衛と母・徳子（戸籍名・トク）の次男として誕生。	一一月、「萬朝報［よろずちょうほう］」創刊。この年、天然痘が大流行。芥川龍之介、佐々木すぐる、佐藤春夫、子母沢寛、林柳波［はやしりゅうは］、藤森成吉、堀口大学、水原秋桜子、吉川英治が誕生。
一八九四（明27）年 2歳	一一月、弟・隆治が誕生。	八月、日清戦争開戦。
一八九五（明28）年 3歳	乳母・おきんに添い寝してもらいながらわらべ唄などを聴く。	一月、「少年世界」創刊。八月、「文庫」創刊。
一八九七（明30）年 5歳	翌年にかけて、父の末弟・伊藤久七夫妻に育てられる。	一月、「ホトトギス」創刊。六月、京都帝国大学（現・京都大）創立。
一八九八（明31）年 6歳	四月、市ヶ谷の私立桜井尋常高等小学校に入学。	三月、徳川慶喜が初めて宮中に参内。七月、民法が全編施行される。
一九〇四（明37）年 12歳	早稲田中学校に入学。イギリス人・林エミリイに英語を学びはじめる。	二月、日露戦争開戦。

一九〇五（明38）年 13歳
土井晩翠『天地有情』の全編を筆写して愛読する。
五月、日本海海戦。

一九〇六（明39）年 14歳
五月、早稲田中学校の二泊旅行で英語教師・吉江喬松［たかまつ］（号・孤雁［こがん］）と箱根・駒ヶ岳を登り、文学者になる志を告げる。帰宅直後、父・重兵衛が脳溢血で急逝。
六月、南満洲鉄道設立。九月、「少女世界」創刊。

一九〇七（明40）年 15歳
弟・隆治や妹・冨貴と千葉県・保田に遊ぶ。三富朽葉［みとみくちは］らと「深夜」を創刊。
三月、小学校令改正（小学校六年制）。七月、国産レコード盤の試作。

一九〇八（明41）年 16歳
この年、吉江の使いで野口雨情を訪問する。夏、友人と伊豆大島に遊ぶ。
一〇月、赤い円筒形郵便ポストが制定される。

一九〇九（明42）年 17歳
三月、早稲田中学校卒業。四月、早稲田大学英文科予科に入学。同級生に谷崎精二・広津和郎など。二ヶ月ほどで退学し、正則英語学校に入学。夏、吉江と中村星湖［せいこ］につれられて、磐越に旅行する。この頃、三ヶ月ほど暁星中学校でフランス語を学ぶ。
一月、「日本少年」創刊。五～九月頃、日本蓄音器商会（のち日本コロムビア）が設立され、国産レコード盤の製造を開始。七月、東京・上野で飛行船の見せ物興行。

一九一〇（明43）年 18歳
姉・兼子の住む奈良へいく。義兄・広辻大尉の奨めで、京都に下宿して、第三高等学校（現・京都大）への受験勉強をする。
五月、ハレー彗星が接近し、地球滅亡のデマ。七月、『尋常小学読本唱歌』（文部省）発行。八月、日韓併合。一二月、日本における飛行機の初飛行。

一九一一（明44）年 19歳	四月、早稲田大学英文科予科に再入学。同時に東京帝大（現・東京大）国文学科選科に入学。早大の同級生に青野季吉〔すえきち〕・坪田譲治・細田民樹〔たみき〕・木村毅〔き〕・直木三十五など。島村抱月の講義を熱心に聴いた。八月、弟・隆治や妹・冨貴と千葉県・保田に遊ぶ。	五月、『尋常小学唱歌』（〜一九一四文部省）発行開始。この頃、カフェープランタンの開店をきっかけに、カフェー文化が盛んになる。
一九一二（明45・大1）年 20歳	七月、「早稲田文学」誌に詩「石階」を発表。一二月、日夏耿之介〔こうのすけ〕らと「聖盃」を創刊。	七月、明治天皇崩御。九月、日本活動写真（日活）設立。同月、乃木大将夫妻殉死。
一九一三（大2）年 21歳	九月、奈良・京都に遊ぶ。同月、「聖盃」を「仮面」に改題。	八月、レコード「お伽歌劇ドンブラコ」発売。
一九一四（大3）年 22歳	二月、三木露風、川路柳虹〔りゅうこう〕・山田耕筰・柳沢健らと「未来」を創刊。三月、「仮面」に「鈴の音」を発表。この年、家の財産をもちだして芸者と出奔した兄・英治をつれもどす。株の売買で一家の生活を支える。	四月、宝塚少女歌劇団第一回公演。七月、第一次大戦開戦。大正バブル経済がはじまる。
一九一五（大4）年 23歳	三月、早大英文科卒業。	八月、第一回全国中等学校野球大会（いまの高校野球）開催。
一九一六（大5）年 24歳	六月、小川晴子（戸籍名・はる）と結婚。一二月、堀口大学・柳沢健らと「詩人」を創刊。	五月、インドの詩人・タゴール来日。

一九一七（大6）年 25歳
東京・新橋で天ぷら屋を開店するがすぐ閉店。株の売買を再開。出版社・建文館の役員として同社に住み込む。
三月、ロシア革命勃発。一一月、ソビエト政権樹立。

一九一八（大7）年 26歳
五月、長女・嫩子［ふたばこ］が誕生。上野・不忍池畔のアパートを仕事場にする。一〇月、「赤い鳥」に童謡「薔薇」を発表。一一月、同誌に童謡「かなりあ（のち、かなりや）」を発表。
一月、レコード「さすらひの唄」（松井須磨子・歌）発売。七月、「赤い鳥」創刊。八月、シベリア出兵。同月、米騒動が全国に拡まる。一一月、武者小路実篤ら「新しき村」を開村。

一九一九（大8）年 27歳
六月、第一詩集『砂金』（尚文堂書店）を刊行。「文章世界」の詩欄の選者になる。この年、株で三〇万円を儲ける。
四月、「おとぎの世界」創刊。六月、日本最初の童謡音楽会開催。七月、「こども雑誌」創刊。一〇月、「小学男生」「小学女生」創刊。同月、レコード「茶目子の一日」発売。同月、『「赤い鳥」童謡』叢書の刊行開始。一一月、「金の船」創刊。

一九二〇（大9）年 28歳
一月、訳詩集『白孔雀』（尚文堂書店）を刊行。三月、株でほぼ全財産を失う。六月、レコード「かなりや」を発売。同月、詩集『静かなる眉』（尚文堂書店）を刊行。
一月、国際連盟設立。三〜五月、尼港（ニコライエフスク）事件。四月、「童話」創刊。

一九二一（大10）年 29歳	一月、第一童謡集『鸚鵡と時計』（赤い鳥社）を刊行。四月、早大英文科講師（第一・第二高等学院教授兼任）となる。六月、童謡をめぐって北原白秋との論争がはじまる。八月、「赤い鳥」から去る。一〇月、童話集『不思議な窓』（尚文堂書店）を刊行。	一月、少女歌手第一号の本居［もとおり］みどりが「十五夜お月さん」でレコードデビュー。
一九二二（大11）年 30歳	二月、姉・兼子が死去。三月、安藤更生らと「白孔雀」を創刊。四月、「童話」に寄稿をはじめる。五月、詩集『蠟人形』（新潮社）を刊行。同月、童話集『鏡国めぐり』（稲門堂）を刊行。	一月、「コドモノクニ」創刊。二月、ワシントン海軍軍縮条約調印。四月、「令女界」創刊。
一九二三（大12）年 31歳	三月、高知県に旅行。五月、詩論『新らしい詩の味ひ方』（交蘭社）を刊行。七月、童話集『アイアンの島廻り』（内田老鶴圃）を刊行。九月、震災時に上野の山で一夜をすごす。一〇月、次女・慧子が疫痢で急逝。	七月、日本航空設立。九月、関東大震災。
一九二四（大13）年 32歳	四月、留学のため渡仏する。五月、『西條八十童謡全集』（新潮社）を刊行。一一月、長男・八束［やつか］が誕生。	六月、築地小劇場開場。
一九二五（大14）年 33歳	この頃、ヨーロッパ各地を旅行。一二月、パリを発つ。	三月、ラジオ放送開始。四月、治安維持法公布。五月、普通選挙法公布。

一九二六（大15・昭1）年 34歳	二月、帰国。四月、抒情小曲集『巴里小曲集』（交蘭社）を刊行。五月、早大仏文科助教授（第一・第二高等学院教授兼任）となる。	七月、「童話」廃刊。一二月、大正天皇崩御。
一九二七（昭2）年 35歳	二月、『少女詩集・抒情小曲集』（宝文館）を刊行。四月、『童謡の作り方と味ひ方』（文化生活研究会）を刊行。	三月、青い眼の人形使節の歓迎式典。同月、金融恐慌はじまり、銀行倒産あいつぐ。
一九二八（昭3）年 36歳	四月から「当世銀座節」（「苦楽」四月号発表）などで中山晋平とコンビを組む。	三月、三・一五事件。六月、張作霖爆死。
一九二九（昭4）年 37歳	映画「東京行進曲」の主題歌（中山晋平・作曲）が大ヒットする。四月、『少年詩集』（大日本雄弁会講談社）を刊行。八月、ビクターの専属となる。一一月、『令女詩集』（平凡社）を刊行。	八月、文部省が学校で流行歌を禁止。一〇月、世界恐慌はじまる。
一九三〇（昭5）年 38歳	五月、「蠟人形」を創刊。六月、「民謡の旅」（「大阪朝日新聞」連載）の執筆をはじめる。	四月、ロンドン海軍軍縮条約調印。
一九三一（昭6）年 39歳	二月、早大仏文科教授となる。七月、「久留米小唄」（中山晋平・作曲）を作詞。八月、朝鮮を旅行。	九月、満洲事変。
一九三二（昭7）年 40歳	七月、『少女純情詩集』（大日本雄弁会講談社）を刊行。九月、コロムビアとも一年間専属契約。	三月、満洲国建国。五月、五・一五事件。
一九三三（昭8）年 41歳	五月、『国民詩集』（日本書店）を刊行。六月、レコード「東京音頭」（中山晋平・作曲）を発売。	三月、日本が国際連盟を脱退。

一九三四（昭9）年 42歳	八月、母・徳子が死去（享年・七四歳）。九月、読売新聞社の飛行機スチンソン号で飛行。	二月、映画館でニュース映画の定期上映はじまる。
一九三五（昭10）年 43歳	九月、ビクターからコロムビアに移籍。この年、文筆業の納税番付で東の大関となる。	九月、第一回芥川賞・直木賞。
一九三六（昭11）年 44歳	六～九月、アメリカからヨーロッパに旅行。読売新聞社の依頼でベルリンオリンピックを見る。	二月、二・二六事件。六月、鈴木三重吉が死去。
一九三七（昭12）年 45歳	一二月、読売新聞社の委嘱で南京攻略に従軍。詩「われ見たり入城式」（「読売新聞」）などを書く。	七月、蘆溝橋事件。八月、上海事変。日中戦争拡大。
一九三八（昭13）年 46歳	二月、「少女倶楽部」に詩「二輪の桜」（のち「同期の桜」）を発表。五月、『少年愛国詩集』（大日本雄弁会講談社）を刊行。九月、レコード「宵待草」（竹久夢二・作詞／多忠亮・作曲）の二番を作詞。同月、陸軍の要請で中支戦線に従軍。一〇月、レコード「旅の夜風」（万城目正［まんじょうめただし］・作曲／映画「愛染かつら」の主題歌）を発売。	一〇月、内務省警保局「児童読物改善ニ関スル指示要綱」実施。
一九三九（昭14）年 47歳	一一月、紀元二千六百年奉讃の詩を創るため九州から関西に旅行。	五月、ノモンハン事件。九月、ドイツのポーランド侵攻で第二次大戦開戦。
一九四〇（昭15）年 48歳	一月、レコード「誰か故郷を想はざる」（古賀政男・作曲）を発売。三月、吉江喬松が死去。	九月、日独伊三国同盟締結。

一九四一（昭16）年　49歳

五月、「そうだその意気」（古賀政男・作曲）を後楽園球場で発表。同月、日本文学報国会が結成され詩部会の幹事長に選ばれる。

三月、国民学校令公布。同月、『ウタノホン　上』『うたのほん　下』発行（文部省）。音楽の教科書が完全国定化。一二月、太平洋戦争開戦。

一九四二（昭17）年　50歳

二月、「愛国詩の夕」（蠟人形社主催）を開催。

一月、学徒出陣令。四月、日本本土に初空襲。六月、ミッドウェー海戦。一一月、北原白秋が死去。

一九四三（昭18）年　51歳

九月、レコード「若鷲の歌」「決戦の大空」（古関裕而［こせきゆうじ］・作曲）を発売。一二月、詩「学徒出陣におくる」を「蠟人形」に発表。

二月、ガダルカナル島撤退。同月、「撃ちてし止まむ」のポスター配布。一〇月、学徒出陣壮行会。

一九四四（昭19）年　52歳

一月、茨城県下館町に疎開。同月、レコード「真珠湾の軍神」（成田為三・作曲）を発売。同月、詩集『黄菊の館』（同盟出版社）を刊行。

六月、学童疎開を閣議決定。七月、サイパン島玉砕。

一九四五（昭20）年　53歳

二月、レコード「比島決戦の歌」（古関裕而・作曲）を発売。八月、早大教授を辞任。一二月、『抒情詩抄』（生活社）を刊行。

一月、野口雨情が死去。三月、東京大空襲。四月、沖縄で地上戦開始。八月、広島・長崎に原爆。同月、ポツダム宣言受諾（敗戦）。

一九四六（昭21）年　54歳

五月、レコード「悲しき竹笛」（古賀政男・作曲）を発売。六月、雑誌「蠟人形」を復刊。七月、童話集『お魚になった娘』（二葉書店）を刊行。

一月、天皇人間宣言。五月、極東国際軍事法廷（東京裁判）開廷。同月、食糧メーデー。

一九四七（昭22）年　55歳
一月、ビクター主催の「童謡祭」で「白秋・雨情の追憶」を講演。五月、疎開先から帰京。
二月、日本ペンクラブ再建大会。五月、日本国憲法施行。七月、「鐘の鳴る丘」ラジオ放送開始。

一九四九（昭24）年　57歳
四月、レコード「青い山脈」（服部良一・作曲）を発売。この頃、早大や相模女子大で講義。
七月、下山事件。同月、三鷹事件。八月、松川事件。九月、象のインディラが上野動物園で公開。

一九五〇（昭25）年　58歳
五月、日本詩人クラブ設立にあたって理事長となる。同月、レコード「山のかなたに」（服部良一・作曲）を発売。九月、軽井沢で別荘を購入。一二月、レコード「越後獅子の唄」（万城目正・作曲）を発売。
六月、朝鮮戦争開戦。七月、金閣寺炎上。一〇月、軍国主義者の公職追放を解除。

一九五二（昭27）年　60歳
九月、レコード「ゲイシャ・ワルツ」（古賀政男・作曲）を発売。
五月、血のメーデー事件が発生。一二月、中山晋平が死去。

一九五三（昭28）年　61歳
五月、日本音楽著作権協会の会長となる。七月、少女小説『幽霊の塔』（偕成社）を刊行。
二月、テレビ放送開始。六月、レコード「ぞうさん」（まど・みちお・作詞／團伊玖磨・作曲）発売。八月、民放テレビ放送開始。一二月、「紅白歌合戦」テレビ放送開始。この年、街頭テレビが人気を集める。

一九五四（昭29）年 62歳	一月、少女小説『人喰いバラ』（偕成社）を刊行。四月、「銀座の柳」の碑が建立される。	三月、ビキニ環礁で第五福竜丸が被曝。七月、自衛隊が発足。
一九五五（昭30）年 63歳	三月、レコード「この世の花」（万城目正・作曲）を発売。	一月、春闘共闘方式がはじまる。
一九五九（昭34）年 67歳	七月、上野・精養軒で「西条八十会」の発会式。一〇月、NHKテレビ「私の秘密」に出演し、関東大震災の夜のハーモニカ少年と再会。	四月、皇太子ご成婚。六月、メートル法完全実施。一一月、安保条約反対のデモ隊が国会に突入。
一九六〇（昭35）年 68歳	四月、上野・不忍池畔に「かなりや」の碑が建立される。六月、妻・晴子が死去。九月、娘・嫩子とヨーロッパを旅行。	五月、南米・チリ地震の津波で三陸・北海道が大被害。この年、安保条約反対闘争が激化。「だっこちゃん」ブーム。
一九六一（昭36）年 69歳	五月、日本詩人連盟の設立にあたって会長となる。著作権法改正のため奔走。一一月、レコード「王将」（船村徹・作曲）を発売。	五月、小川未明が死去。この年、「巨人、大鵬、卵焼き」が流行語。
一九六二（昭37）年 70歳	二月、童謡・詩・歌謡・フランス文学などの功績で芸術院会員となる。三月、NHK放送文化賞を受賞。	八月、堀江謙一がヨットで単独太平洋横断。一〇月、「隠密剣士」テレビ放送開始。同月、キューバ危機。
一九六三（昭38）年 71歳	一〇月、和歌山城に「鞠と殿さま」の碑が建立される。同月、日本児童文芸家協会から児童文化功労者として表彰される。	一月、アニメ「鉄腕アトム」テレビ放送開始。七月、名神高速道路開通。一一月、ケネディ大統領暗殺。

一九六四（昭39）年　72歳
五月、日本詩人クラブの会長となる。秋、和歌山県勝浦町に「かなりや」の碑が建立される。
四月、「ひょっこりひょうたん島」テレビ放送開始。一〇月、東海道新幹線開通。同月、東京オリンピック開催。

一九六五（昭40）年　73歳
七月、日本音楽著作権協会の会長を辞す。
二月、米軍が北ベトナムを爆撃し、ベトナム戦争激化。九月、国鉄が「みどりの窓口」を開設。

一九六七（昭42）年　75歳
五月、レコード「芸道一代」（山本丈晴・作曲）を発売。一一月、『アルチュール・ランボオ研究』（中央公論社）を刊行。
四月、東京で革新知事が当選。七月、「リカちゃん人形」発売。この年、グループサウンズが大流行。

一九六八（昭43）年　76歳
四月、勲三等瑞宝章を受章。
六月、小笠原諸島が日本に返還。一二月、川端康成がノーベル賞受賞。この年、大学紛争が激化。

一九六九（昭44）年　77歳
四月、「かなりや」の碑建立一〇周年を記念して「かなりや祭」が開催される。六月、声帯麻痺のため声を失う。
七月、アポロ11号が月面に着陸。一〇月、レコード「黒ネコのタンゴ」発売。

一九七〇（昭45）年　78歳
八月一二日、急性心不全のため永眠。従四位に叙せられる。同月、八柱［やはしら］霊園に埋骨。
三月、日航機「よど号」がハイジャック。三～九月、大阪・万国博覧会開催。一一月、三島由紀夫らが自衛隊に乱入し、割腹自殺。

（上田信道作成）

【索引】

〈あ〉

〈か〉

〈さ〉

〈た〉

【資料提供協力】

西條八束

【主要参考文献】

西條八十『唄の自叙伝』(一九五六 生活百科刊行会) ※日本図書センターから再刊
上笙一郎『童謡のふるさと 上・下』(一九六二 理論社)
藤田圭雄『日本童謡史 Ⅰ・Ⅱ』(一九七一~八四 あかね書房)
西条八十著作目録刊行委員会編『西条八十著作目録・年譜』(一九七二 西条八束・刊)
西條嫩子『父 西條八十』(一九七五 中央公論社) ※ゆまに書房から再刊
西條八十『西條八十全集』(一九九一~未完 国書刊行会)
滝沢典子『近代の童謡作家研究』(二〇〇〇 翰林書房)
上田信道『謎とき 名作童謡の誕生』(二〇〇二 平凡社新書)
筒井清忠『西條八十』(二〇〇五 中央公論新社)

編著者紹介

上田信道（うえだ・のぶみち）

大阪生まれ。児童文学研究家。日本児童文学学会、雨情会会員。大阪教育大学大学院修了後、大阪府立高校の教諭・大阪国際児童文学館主任専門員を経て、神戸親和女子大学非常勤講師など。

著書に『名作童謡 北原白秋100選』（春陽堂書店）、『名作童謡ふしぎ物語』（創元社）、『謎とき 名作童謡の誕生』（平凡社新書）、『日本昔噺』（校訂解説・平凡社東洋文庫）、『現代日本児童文学選』（共著・森北出版）、『日本児童文学大事典』（共編著・大日本図書）など。

URL http://www.nob.internet.ne.jp

名作童謡 西條八十100選

平成十七年八月二十日初版第一刷発行

著者 西條八十
編著者 上田信道
発行者 和田佐知子
発行所 株式会社 春陽堂書店
郵便番号 一〇三—〇〇二七
東京都中央区日本橋三—四—十六
電話番号 〇三(三八一五)一六六六
URL http://www.shun-yo-do.co.jp
装幀 後藤 勉
印刷製本 有限会社 ラン印刷社
乱丁本・落丁本はお取り替えいたします。
日本音楽著作権協会
(出)許諾第〇五〇四九七〇—五〇一号

ISBN4-394-90234-7 C0092